/작별하지 않는다/ 를 보는

열두 개의 시선

4·3문학회

작별하지 않는다 를 보는 —

열두 개의 시선

조은
아마존의나비

4·3문학회

작별하지 않는다를 보는 열두 개의 시선

발행일 2025년 4월 3일

지은이 강법선, 김성례, 김양훈, 김영준, 김정주, 양경인,
      양영심, 오대혁, 윤상희, 이광용, 임삼숙, 현민종
펴낸이 4·3문학회(회장 양경인)
편집위원 김정주, 양경인, 오대혁

후원 제주4·3범국민위원회

4·3문학회 후원 계좌번호
카카오뱅크 3333-12-2864804(예금주 한경희)

본문 디자인 김재석   **표지 디자인** BookMaster **K**
발행처 아마존의나비(대표 오성준)
등록번호 제2020-000073호
주소 서울특별시 은평구 통일로73길 31
전화 02-3144-8755, 8756   **팩스** 02-3144-8757

ISBN 979-11-90263-32-0 03800
정가 12,000원

책을 펴내며

한강의 노벨문학상 수상은 기적과도 같은 일이었습니다. 특히 『작별하지 않는다』와 『소년이 온다』는 제주4·3과 5·18 민주화운동이라는 역사적 대참상을 배경으로 민중의 고통스러운 기억과 애도의 서사를 전 세계인들에게 보여 주었습니다. 4·3문학회 회원들은 그의 소설이 지닌 독특한 서사 양식과 절절한 울림에 공명하면서 제주4·3 문학은 어떠해야 하는지를 진지하게 고민했습니다. 그러던 차에 노벨문학상 수상이라는 소식은 우리들의 가슴을 뜨겁게 만들었고, 다시 읽기를 몇 번이나 했는지 모릅니다.

제주 사람들은 제주4·3을 7년 7개월의 학살로만 여기지 않습니다. 『작별하지 않는다』에 그려졌듯 제주4·3 이후 살아남은 사람들은 심장을 도려내는 아픔을 지닌 채 폭압적인 정치 상황 속에서도 사건의 진상을 밝히고 진실을 알리기 위해 싸워야 했습니다. 여전히 우리는 제주4·3과 작별하지 못했습니다.

이제 제주인들의 아픔에 공명하고 신들린 듯 아름다운 필치로 제주4·3을 그려 낸 한강의 『작별하지 않는다』를 바라보는 4·3문학회 열두 사람의 시선을 소개합니다. 그 시선들은 소설의 서사와 시적 언어 등에 대한 시선, 애도의 시선, 역사와 문화로 바라본 시선 등으로 구분해 볼 수 있을 듯합니다. 실제 소설의 배경이 된 지역에 대한 에세이도 들어 있습니다.

4·3문학회는 햇수로 9년이 되었습니다. 김석범 작가의 『화산도』를 완독해 보자는 가벼운 마음으로 서울에서 시작된 이 모임은 해를 거듭하며 제주4·3의 전국화와 세계화에 문학이 어떤 역할을 할 수 있을까 고민하며 발전해 왔습니다. 제주4·3에 대한 전반적인 자료 읽기, 국가 폭력과 트라우마, 생명과 인권 등의 문제를 다룬 책과 문학 작품을 읽어 나가며, 제주4·3의 길을 찾아가고 있습니다. 여기 담은 글들은 그런 와중에 한강의 『작별하지 않는다』를 읽고 토론한 후 각자의 방법으로 자유롭게 비평한 에세이라 할 것입니다. 이는 한강 작가의 뒤를 이어 회원들 각자가 제주4·3과 작별하지 않을

것을 다짐하는 약속이기도 합니다.

　지난 76주기에 펴낸 4·3문학회 문집 창간호 『골아보카』에 이어 두 번째 펴내는 문집입니다. 『작별하지 않는다』를 읽으며 우리들은 제주4·3 문학이 앞으로 어떻게 가야 할지 모색하였고, 제주4·3 문학에 대한 애정도 더 깊어졌습니다. 77주기 제주4·3을 맞이하며 마음을 한데 모아 준 회원 여러분들과 '작별하지 않는다'는 말의 의미를 다시금 생각하게 해 준 한강 작가에게 깊은 감사의 말씀을 드립니다.

제주4·3 77주기를 추모하며
4·3문학회 회원들의 마음을 담아

양경인

차 례

1부

서사와 시적 언어

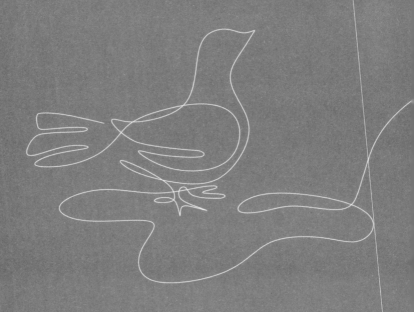

여리디여린 눈송이와
새가 피워 내는 불꽃

오대혁*

눈송이. 새의 깃털과 같이 떨어져 살포시 덮이는 눈꽃들. 그 여리디여린 숨결이 죽은 자의 얼굴을 덮었다. 죽음은 생생하게 살아, 오늘 "뺨에 닿은 눈이 이토록 차갑게 스밀 수 있나"(323쪽)라고 그 아픔을 느끼게 만든다. 칠십여 년의 세월 동안 이어진 서사가 숨죽여 있다가 '불꽃'처럼, "심장처럼. 고동치는 꽃봉오리처럼. 세상에서 가장 작은 새가 날개를 퍼덕인 것처럼"(325쪽) 되살아난다, 영원히 꺼지지 않을 듯. 한강의 『작별하지 않는다』는 꺼져 가던 불꽃이 살아나듯 조용히, 그러나 너무도 맹렬하게 과거를 일깨우고, 죽은 자를 살려 내고, 미래를 구원하려는 서사다.

* 국문학 박사, 시인, 문화비평가이며, 제주일보 논설위원과 『문학리더스』 주간을 맡고 있다. 저서로 『원효설화의 미학』, 『금오신화와 한국소설의 기원』, 『연등문화의 역사』 등이 있다.

이탤릭체

『소년이 온다』와 같이『작별하지 않는다』도 역시 죽은 자를 직접 불러내지 않는다. 평생 트라우마에 시달리며 진실을 밝혀내려, 꺼질 듯 꺼질 듯 그러나 꺼지지 않는 불꽃처럼 살아남은 자의 목소리로 그날, 그리고 그날 이후의 이야기를 들려준다. 그들을 지켜보고 관찰하는 서술자나 작가 한강의 목소리로 걸러 내지 않고, 이탤릭체로 전달된다. 마치 심방의 공수처럼. 그래서 소설의 이탤릭체는 구술□述이고, 소리이며, 낭송된 시가 되기도 하고, 산 자가 죽은 자에 대한 '지극한 사랑의 기억'을 담아내는 그릇이다.

> 총에 맞고, / 몽둥이에 맞고, / 칼에 베여 죽은 사람들 말이야. / 얼마나 아팠을까? / 손가락 두 개가 잘린 게 이만큼 아픈데. / 그렇게 죽은 사람들 말이야, 목숨이 끊어질 정도로 / 몸 어딘가가 뚫리고 잘려나간 사람들 말이야.(57쪽)

손가락이 잘리는 사고를 당한 인선이 죽은 이들의 아픔을 떠올리는 말이다.

> 아버지와 어머니, 오빠와 여덟 살 여동생 시신을 찾으려고. 여기저기 포개지고 쓰러진 사람들을 확인하는데, 간밤부

터 내린 눈이 얼굴마다 얇게 덮여서 얼어 있었대. 눈 때문에
얼굴을 알아볼 수 없으니까, 이모가 차마 맨손으로 못하고
손수건으로 일일이 눈송이를 닦아내 확인을 했대. 내가 닦을
테니까 너는 잘 봐, 라고 이모가 말했다고 했어.(84쪽)

엄마가 경험했던 학살의 생생한 장면을 인선이 전하는 말
이다. 군인과 경찰이 마을 사람들을 학살하고, 열세 살 엄마
와 열일곱 살 이모가 국민학교 운동장을 헤매 다니며 죽은
사람들의 얼굴에 내려앉은 눈을 일일이 닦아 내며 가족을 찾
던 장면. 인선의 엄마가 죽을 때까지 너무도 생생하여 도저
히 벗어날 수 없었던 장면. 거기에 죽음을 덮은 눈송이. 그래
서 눈송이는 서사의 중심 이미지를 형성하며 살아 꿈틀댄다.

그날과 그 후의 이야기를 전하면서 작가는 왜 저와 같은
구술의 방식을 썼을까? 70년이 넘게 지난 그날의 진실. '속
솜허라'는 경계의 말과 함께 역사 속에서 지워 버리려 했던
그것, 그러나 끝끝내 그날을 경험한 이들의 뇌리에 각인된
장면은 그들의 입을 통해 이야기되고 노래가 되어 비어져 나
올 수밖에 없는 것이었다. 왜냐하면 인선의 엄마같이 지극한
사랑을 지닌 이들이 평생 트라우마를 앓으면서도 잃어버린
시신을 찾고, 그날의 진실을 알아내기 위해 불꽃처럼 살아왔

기 때문이다.

몇 년 전 나는 전국 유족들의 삶을 직접 들으며 설문 조사를 했다. 당시 열일곱이었던 김 모 할머니는 70여 년이 지나는 동안, 바람 많은 날 토벌대에 끌려가 전기 고문을 받던 장면, 산방산 밑에서 벌어졌던 폭파 사건, 친정으로 돌아가야만 했던 외숙모와 무너진 가족들 이야기 등 무려 여섯 시간 동안 이야기를 이어 갔다. 너무나 생생한 기억을 평생 가슴에 품고 살아온 것.

사람은 스무 살 전후까지 경험한 세계가 기본 정서로 자리 잡아 삶의 태도와 정체성을 형성한다고 한다. 제주4·3의 비극은 살아남은 유족들이 말하고 싶은 욕구와 말했다가는 목숨을 부지하기 어렵다는 현실 인식 속에서 갈등하게 했다. 적어도 전체 도민 열 명 중 한 명, 3만이 목숨을 잃었다는 사건은 제주도민의 집단 트라우마가 되었다. 현기영의 「순이 삼촌」 속에서 보여 주는 제삿날 모습 풍경처럼 살아남은 가족의 만남 속에서, 역사적 진실을 밝히기 위해 고군분투했던 후손들의 노력 속에서 그날의 서사는 살아남았다.

내가 스물두 살, 우리 큰아들이 백일 되실 때. 그추룩 총소리를 하영 들은 거는 그때 첨이고 마지막이라. 한참 지낭 잠

잠해져그네 벌벌 떨멍 문구멍을 내당보난, 그추룩 하영 이시던 사름들이 모살왓에 자빠져 이서서. 군인들이 둘씩 짝을 지어그네 한 사름씩 바당에다 데껴 넣어신디, 꼭 옷들이 물우에 둥둥 떠다니는 것추룩 보여서. (224쪽)

군인들이 '모살왓^{모래밭}'에서 네모진 금을 긋고 사람들을 총살하고, 시신들을 바다에 던져 넣는 장면을 목격했다는 여인의 구술 증언이다. 『작별하지 않는다』는 그렇게 살아남은 서사, 입말로 전해진 서사를 기반으로 제주4·3의 실체를 독자들이 느낄 수 있도록 구성한 소설이다. 피해자의 구술이 아닌 서술자 경하의 목소리로 변모되어 전달되었다면 그 효과는 반감되었을 것이다. 현재까지 수많은 제주4·3의 증언이 아카이브로 저장되어 있어 그날의 진실을 밝히는 자료로 이용된다. 일종의 구비 문학이라 할 이것들은 어떤 역사 기록보다 강렬한 감동을 내장하며 평화와 인권을 생각하게 하는, 위대한 유산이다.

사이

『작별하지 않는다』는 역사와 문학, 소설과 시의 경계를 넘나든다. 그래서 '사이'에 있다고도 말할 수 있다.

예전에 제주4·3의 역사를 연구하는 학자와 유족을 인터뷰할 기회가 있었는데, 그 역사가는 구술자가 기억하는 가족 관계나 활동 상황에 집중하여 캐물었다. 그런데 나는 구술자가 경험하고 느낀 것들을 소중하게 여기며 꼼꼼하게 기록하는 데 집중했다. 그와 같이 역사가는 사건의 사실 관계, 또는 거대 서사에 집중하는 데 비해 문학가는 인간에 가 닿으려 하므로 미시적인 것에 집중한다. 『작별하지 않는다』가 보여주는 서사는 역사적 사실을 따져 묻기보다 참혹한 사건이 빚어낸 트라우마를 견디며 살아 낸 사람들에 집중한다.

집담과 밭담들, 돌로 된 집들의 벽체들만 남기고 모든 것이 불타고 있었어. 아버지가 집에 들어서자 마당 가득 붉은 게 흩어져 있어서 놀랐는데, 달아오른 고추장 장독이 터진 거였어. 집에 아무도 없는 걸 확인하고 총소리가 들렸던 팽나무 아래로 달려가보니 일곱 명이 죽어 있었대. 그중 한 사람이 할아버지였어. 가호마다 주민 명부를 대조한 군인들이, 집에 없는 남자는 무장대에 들어간 걸로 간주하고 남은 가족을 대살代殺한 거야.

집까지 시신을 업고 가서 마당 가운데 뉘어놓고, 아버지는 닥치는 대로 댓잎 한아름을 끊어왔대. 헝겊 대신 그걸로 얼

굴과 몸을 덮고, 아직 잔불이 타고 있는 창고 자리에서 자루
가 타버린 삽을 끌어냈대. 달궈진 쇠가 식기를 기다려 댓잎
위로 흙을 덮었대.(218쪽)

인선의 아버지가 무장대에 간 것으로 간주하고 할아버지
를 대살代殺한 사건을 말한다. 그리고 할아버지의 시신을 집
까지 업고 가서는 가매장하는 장면을 이야기한다. 그 숱한
죽음의 날짜, 시신의 숫자가 역사가들에게 소중한 것이라면,
문학가들에게는 죽음이 가져다준 상처와 고통, 그리고 애도
의 서사가 중요하다. 왜냐하면 문학은 살아남은 자들이 죽은
자들을 위해 베푸는 제의와 같은 것이기 때문이다.

나는 바닷고기를 안 먹어요. 그 시국 때는 흉년에다가 젖
먹이까지 딸려 있으니까, 내가 안 먹어 젖이 안 나오면 새끼
가 죽을 형편이니 할 수 없이 닥치는 대로 먹었지요. 하지만
살 만해진 다음부터는 이날까지 한 점도 안 먹었습니다. 그
사람들을 갯것들이 다 뜯어먹었을 거 아닙니까?(225쪽)

바다에 던져져 둥둥 떠다니는 시신들을 보고 난 후 증언자
는 바닷고기를 안 먹는다고 구술한다. 죽은 사람들을 갯것
들이 다 뜯어 먹었을 테니, 바닷고기를 먹는다는 건 애통하

게 죽은 이를 먹는 행위가 되기 때문. 문학은 살아남은 자들이 죽은 자들을 어떻게 기억하고 애도해야 할 것인지를 기록하는 것. 그래서 문학은 현재의 나와 우리가 서 있어야 할 자리를 알게 하고, 현재와 미래를 구원하는 양식임을 느끼게 한다.

『작별하지 않는다』는 역사 기록이 아닌 문학이며, 소설이라기보다 '시적 서사물'이라 칭하는 것이 적절해 보인다. 작가가 주목한 중심 이미지는 시신 위에 덮였던 눈송이다. 1948년 겨울서부터 1949년 초까지 전개된 초토화 작전(해안선에서 5킬로미터 이상 떨어진 지역을 적성 지역으로 여기고 중산간 마을을 불태우면서 수많은 제주도민이 희생당해야 했던 작전)으로 가장 많은 학살이 자행되었다. 소설 속 인선의 어머니가 이모와 함께 희생된 사람들 위에 내려앉은 눈송이들을 치워 내며 시신을 확인하던 장면이 중심 이미지로 자리한 것이다. 그리고 그것은 "성근 눈이 내리고 있었다"라는 첫 문장에서 시작하여, 인선이 키우던 새의 죽음으로 이어지고, 마지막에 눈밭에서 성냥으로 가녀린 불꽃을 피워 내는 장면으로까지 이어진다. 한강은 작품을 뚫고 가는 강렬한 시적 이미지들을 배경으로 삼고 비극적 서사들을 끼워 놓고 있다. 서사 속에 시를 넣는 게 아니라 오히려 시 속에 서사가 숨어 들어가 있는 형국이다.

> 내가, 눈만 오면 내가, 그 생각이 남겨. 생각을 안 하젠 해
> 도 자꾸만 생각이 남서. 헌디 너가 그날 밤 꿈에, 그추룩 얼
> 굴에 눈이 히영하게 묻엉으네……내가 새벽에 눈을 뜨자마
> 자 이 애기가 죽었구나, 생각을 했주. 허이고, 나는 너가 죽
> 은 줄만 알아그네.(86쪽)

> 살갗이 얼어붙은 건가. / 죽은 사람의 얼굴처럼 눈에 덮이
> 고 있나. // 하지만 눈꺼풀들은 식지 않은 것 같다. 거기 맺히
> 는 눈송이들만은 차갑다. 선득한 물방울로 녹아 눈시울에 스
> 민다.(124-125쪽)

작품의 제목들이 시적이며 여리디여린 것들임이 확인된
다. 새, 실, 남은 빛, 나무, 그림자들, 바람, 낙하, 불꽃 등. 하
얀 눈과 어두운 밤, 그리고 어둠 속에 발하는 성냥 불꽃 등
소설을 읽고 있으면 연약하면서 아름답고, 어둠을 밝히는 작
은 빛들이 꼿꼿하게 일어나 앉는다.

그 여리디여린 것들은 인선 어머니가 온갖 트라우마에 시
달리면서도 평생 사라진 외삼촌을 찾아 헤맸던 이야기와도
연결된다. 그리고 가족의 뿌리 깊은 비극의 실체를 파악하기

위한 인선의 노력과 작업은 남겨진 우리가 가야 할 길이 어디인가를 알려 준다.

*

나의 작은할아버지는 제주4·3 때 성산 일출봉으로 가는 터진목(광치기 해변)에서 총살을 당하셨다. 할아버지는 깊은 겨울밤 해안가에 버려진 시신을 몰래 업고 나왔다고 했다. 아버지 형제들은 대밭에 숨어야 했고, 산 사람들은 밤에 소를 끌고 가 버리고, 할아버지는 대동청년단 단원이었던 누군가에게 참기름을 갖다 바치고, 마을에 성담을 쌓았다고 했다. 이런 이야기들을 할아버지나 할머니께 듣지 못했고, 큰고모부에게 처음 들었다.

『작별하지 않는다』가 보여 주는 이야기는 나의 작은할아버지가 경험했을 고통, 죽은 동생을 업고 나오던 할아버지의 심정, 그리고 살아서 작은할아버지를 애도하던 제삿날의 풍경을 떠오르게 했다. 우리 가족은 하도리 문주란꽃이 시들 무렵이면 이십 리를 걸어 작은할아버지 제사에 가곤 했다.

> 제사 먹으러 별방 가던 길
>
> 잿빛 어둠 속 하얗게
>
> 수런거리던 억새들

울렛모루 지나 윙미오름 말미오름 너머

은갈치처럼 반짝이던 성산포

들판에 싸락눈 되어

별 떨기 떨어지고

별방 빛바랜 초가 글썽이던 불빛

어슬렁거리던 토끼섬

뭣도 모른 채 즐거웠던 제삿날

그날은 십일월 스무아흐레

우리 하르방 터진목 숨어들어

울음 삼키며 떨어진 별

등에 지던 날

토끼섬 문주란꽃 시들었어도

부려놓은 향기에 취하던 날

                – 졸시, 「별방 문주란꽃 시들던」

세상을 개념화하여
구분하는 경계를 넘어서

이광용*

작품을 읽기 위한 준비

작품 초반부터 우리는 화자가 접하는 세상을 본다. 그녀
는 무덤들이 있는 눈 내리는 벌판에 시퍼런 밀물이 들어오는
걸 보면서 바닷물에 잠긴 무덤 속 뼈들이 쓸려가 버린 건 아
닐까, 나머지 뼈들도 그렇게 쓸려가 버리면 어쩌나 걱정하며
바닷물이 더 들어오기 전에 아직 물에 잠기지 않는 뼈들이라
도 위쪽으로 옮겨야 한다고 생각하지만 어찌해야 할 줄 몰라
차오르는 물을 가르며 달리다가 잠에서 깬다. 화자는 그 꿈

---

* 영문학 박사이자 시인이며, 수원여자대학교 명예교수이다. 『절실하게』 외 3권의 시집과 수필
집 『세상에 위로가 아닌 게 어디 있으랴』, 『의자가 있는 풍경』을 냈다. 한국문인협회, 가톨릭문인
회, 은평문인협회 회원이다.

이 앞으로 남은 자신의 삶을 "당겨 말해주고 있었는지도 모른다"(12쪽)는 생각을 하며 살아간다. 이처럼 화자는 육지와 바다의 경계가 모호한 세계, 열대야의 새벽과 눈송이 날리는 겨울의 경계가 불분명한 세상에서 "악몽과 생시가 불분명하게 뒤섞인 시기"(19쪽)를 살아가고 있는 인물이다. 그런데 그 세상은 자기가 원하지 않는 규칙들이 지배하고 있는 세상이고 종종 믿기지 않는 장면들이 보여서 자신의 감각을 믿지 못하는 세상이며, 작별하고 싶은 세상이다. 하지만 4년 뒤 다시 그 꿈을 꾸었을 때 화자는 도망치지 말고, 더 늦기 전에 "아무것도 기다리지 말고, 누구의 도움도 믿지 말고, 망설이지 말고 등성이 끝까지," "무릎까지 퍼렇게 차오르는 물을 가르며"(26쪽), 아직은 뼈들이 잠기지 않은 능선으로 가야 하는 의무를 생각한다.

이렇게 볼 때, 화자에게 세상은 자신이 기억하고 싶은 것을 지워 버리려 하고, 자신이 원하지 않는 것을 강요하는 곳이기에 도망치고 싶은 곳이다. 하지만 화자는 그 세상을 피하기보다 당당하게 대응해야 하는 의무감을 느낀다. 이에 우리는 화자, 혹은 작가가 작별하고 싶은 것은 구체적으로 무엇인지, 그리고 왜 작별하지 않는지 혹은 왜 작별할 수 없는지를 생각하면서 작품을 접하게 된다.

작품 서술 기법의 특성

작별하고 싶은 것이 무엇이고 그 이유가 무엇인지에 대해 작가는 분명하게 말하지 않는다. 이야기의 서술 방식이나 태도에서 추측해 볼 수 있을 뿐이다. 작가는 자신을 둘러싼 세상을 신뢰하지 못한다. 오랜 역사를 통해 이성이 개념화하여 구분하고 정돈한 세상이지만, 그 세상은 자신이 배우고 경험한 것과는 달라서 낯설게 느껴지는 세상이다. 그래서 화자는 자신이 접하는 세상에 대해 명확하게 말하지 않는다. 오히려 궁금해하고 질문을 던지며 접근한다. 세상이나 사물에 대해 '~은 ~이다'라는 식의 단정적인 개념화된 표현보다 '~일까(였을까)', '~처럼 보인다', '~인지도 모르지'와 같은 모호한 질문이나 비단정적인 표현을 선호한다. 따라서 독자도 화자처럼 질문하면서 자신의 인식을 확인하는 방식으로 세상을 바라보게 된다. 이런 서술 방식은 독자로 하여금 작가의 관점을 무조건 수용하기보다 먼저 많이 느끼고 생각하게 한다. 독자를 낯섦의 세계로 초대하고 독립적으로 느끼게 하면서 개인의 감수성을 일깨우는 것이다.

개념화하여 설명하는 것을 절제하고 낯섦의 세계로 끌어들이는 방식은 익숙한 일상의 세계에서 시의 세계, 즉 낯선 세상을 보게 하는 것과 같다. 산문의 세계를 따라가다가 어느 순간 감성의 세계로 빠지면서 세상을 바라보고 이해하는 자신의 고유한 감성이 작동하는 걸 경험하게 되고, 세상에 대한 새로운 통찰을 얻게 되는 것이다. 자연스럽게 낯선 세계에 오래 머무르게 하고 그것을 즐기게 하는 것, 그것은 다른 세계로 들어가는 것에 대한 두려움을 줄이고 새로운 세상을 만나는 모험을 자극한다. 서로 다른 세계를 연결하고 경험하게 하는 은유나 상징 표현들이 자주 활용되는 것도 그러한 모험을 자극하고 촉진하는 방편이다. 결국, 작가의 글쓰기가 지향하는 것은 세상에 대한 이해와 인식의 범위를 제한하는 개념화를 탈피하게 하는 데 있다고 볼 수 있다.

개념화하고 구분하는 이성

무엇을 개념화하고 정의하여 구분하는 일은 차별을 전제로 한다. 성질이 동일한 것들을 묶어 세계를 구분하기 때문에 구분되는 순간 동일적인 것과 비동일적인 것의 차별이 이루어질 수밖에 없다. 동일성 개념으로 구분된 것들 사이에 존재하는 개별적 차이 역시 기계적으로 무시되는 차별을 낳는다. 일단 구분되면 그 세상은 변화할 수 없고, 규칙이나 규정처럼 모두에게 적용되고 누구나 따라야 한다. 그것을 따르지 않으면 배척되고 배제된다. 구분된 세상 간의 자유로운 왕래는 어색해지고 낯설어진다. 살아 움직이는 생명의 세계가 움직이지 않는 죽은 것들의 세계로 고착되는 것이다.

이 작품의 배경이 되는 제주4·3의 불행도 세상을 개념화하여 구분하고 분류하면서 비롯된 것으로 볼 수 있다. 제주도민들은 실재하지 않는 개념의 세계에 갇혀 그들을 구분한 세상의 경계를 넘어가는 걸 두려워하며 죽은 것처럼 살아야 했다. 그 세상은 개념화로 구분하여 강요된 세상이었고, 도민들은 그 세상의 질서를 따르지 않으면 배척되었다. 지배층의 동일성 집단에 들어가야 살아남을 수 있는 세상이었다. 경계 밖의 세상은 절멸되어야 할 세상으로 인식되었던 것이다.

제주4·3에 대한 이러한 접근 방식은 비판과 논쟁의 여지가 있다. 하지만 그런 비판 논쟁 역시 개념화하고 갈라치기하는 배타적 이성의 독점적 형태이다. 세상을 개념화하여 갈라놓고 죽이고 범죄를 은닉하는 패턴은 시대와 공간을 달리하며 반복되는 이념 논쟁의 공통된 패턴이다. 그래서 작가는 이데올로기로 개념화하여 구분한 세상의 울타리 안으로 들어가지 않고 경계 바깥, 즉 경계선 위에 서서 구분되지 않은 세상을 바라보려 한다. 제주4·3을 지역적·시대적 울타리 안에 가두는 과거 논쟁에서 벗어나 경계 너머의 세계를 이해하고 더 넓은 세계의 비전을 꿈꾸는 시도라 할 수 있다. 그것은 화자의 꿈속에서 희생자들이 묻힌 무덤으로 밀려와 봉분 속 뼈들을 휩쓸어 가면서 역사를 지워 버리는 "시퍼런 바다"(12쪽)에 대응하는 방법을 찾는 것이기도 하다.

개념화하여 구분한 세상의 경계

이것은 이성의 개념화 활동에 맞서는 글쓰기를 지향하고 있음을 보여 준다. 개념화는 동일성 중심의 배타성을 지닌다. 그것은 세상에 대한 통찰을 제한하고 마비시키는 힘을 휘두른다. 그러한 특성은 자신이 만든 아버지에 관한 인터뷰 영화를 두고 '아버지의 역사에 부치는 영상시'라는 소개를 들었을 때 인선이 강하게 부정하는 부분에서 잘 알 수 있다. 인선은 "아버지를 위한 영화가 아닙니다. 역사에 대한 영화도 아니고, 영상 시도 아니에요"(236쪽)라고 반박하며 사람들을 당혹스럽게 한다. 그 이유에 대한 인선의 답변은 잘 기억나지 않지만 친구 경하는 "진실만 말해야 하는 저주를 받은 듯 천천히 말을 이어가던 인선의 얼굴이"(236쪽) 떠올랐다는 말로 마무리한다. 무언가를 개념화하고 규정화하는 것은 그

것의 의미를 특정 개념 속에 가두면서 정의된 범주 외의 것을 생각하지 못하게 단순화해 버린다는 부정적 입장을 보여주는 것이다. 진실은 울타리를 치고 말할 수 있는 게 아니라는 입장이다. 우리의 눈과 생각이 배타적 이성이 구분한 경계 안에 갇혀서는 진실을 통찰하기 어렵다는 것이다.

개념화로 구분된 세상의 한계를 넘어가는 일은 다른 세계를 알고 더 넓은 세계를 향한 연대를 형성하는 데 매우 중요하다. 외지인인 화자 경하가 자기와는 아무런 관계가 없는 앵무새를 구하러 힘들게 눈보라가 치는 한라산 중산간 지역에 있는 인선의 집으로 가는 과정에서 얻게 되는 통찰과 연대감이 좋은 예이다. 그녀는 지금 자신의 눈에 떨어지는 눈송이들이 순환하는 바람과 해류를 통해 전 세계를 날아온 눈들이고, 대만에서 살해된 3만 명의 사람들과 오키나와에서 살해된 12만 명의 사람들의 얼굴에 떨어졌던 눈들이고, 70년 전 제주 섬의 학교 운동장에서 살해된 사람들의 눈에 떨어졌던 눈송이들과 같은 것들이라는 생각과 그곳들이 모두 고립된 섬이었다는 생각을 하는 순간 시간적·공간적으로 떨어진 세상에 있는 사람들이 경험한 수백 수천의 순간들이 동시에 반짝이는 황홀을 느끼며 눈 속에서 그대로 잠들고 싶다가 문득 "하지만 새가 있어"(138쪽) 하며 새를 살려야 한다는 절실함이 살아나고 새의 생명을 존중하는 연대감을 느낀다. 이런 과정에서 인간과 새를 구분한 경계, 제주4·3 희생자들과 자신의 경계, 제주와 다른 지역 간의 경계가 허물어지고 서로가 시공을 달리해서 같은 세계에 존재한다는 통찰을 경험하는 것이다. 기존의 개념화된 세계에서는 허용되지 않는 소통이라 할 수 있다.

세상을 구분한 경계 허물기

세상을 갈라놓은 경계를 넘어가는 소통과 인식의 확장에는 경계 너머의 세상을 알려고 하는 호기심과 경계를 넘어가는 걸 두려워하지 않는 용기가 필요하다. 인선 어머니, 인선, 경하 등 주인공들의 삶이 이것을 잘 보여 준다. 특히 인선 어머니의 모습이 대표적이다. 제주4·3이 은닉해 버린 외삼촌의 흔적을 추적해 간 어머니의 집요한 노력과 용기가 은닉된 제주4·3 역사의 진실을 밝혀내는 데 큰 역할을 한다. 그 용기를 끌어낸 것은 오빠에 대한 궁금증과 사랑이었다. 그 호기심과 용기가 세상을 구분한 경계를 부수고 경계 너머의 삶과 세상을 일깨우는 동력으로 작용한 것이다. 그런 어머니의 전례前例를 통해 인선과 경하 역시 시공을 넘어 과거와 현재를 연결하는 끈을 찾아 과거의 삶을 현재 속에 살려내는 동시대적 공감대 확장을 위해 노력한다.

이러한 공감대는 단순히 제주4·3 희생자들에 대한 기억과 애도가 아니다. 구분과 배척의 이데올로기에 길들여져 있어서 그 이면에서 이루어진 고문과 그 세계의 실상을 파악하지 못한 자신에 대한 절절한 반성과 후회에서 나온다.

"그때 내가 무사 오빠신디 머리가 이상하다고 해실카? 무사 그런 말밖에 못해실카?"(297쪽)

오빠에 대한 사랑과 미안함이 그를 가둔 경계를 넘어가게 하는 호기심과 용기를 자극했고, 그것을 실행하는 모험을 통해 세상에 대한 새로운 통찰과 반성이 따라오는 것이다. 그렇게 구분된 세상에 우리가 안주하고 있다면 외삼촌이 살아남았더라도 찾아오고 싶은 세상은 아니었을 것이라는 생각과 함께 그러한 세상을 바꿔야 한다는 생각이 들게 한다. 오빠가 돌아오고 싶은 세상은 바로 그를 배제한 세상의 경계를 허물고, 지역적·시간적 공간에 갇혀 박제된 역사의 실체를 대면하고 통합된 세상의 현재성 확장을 향해 나아가는 곳이라 할 수 있다.

인선이 어머니가 걸어간 길을 복기하면서 얻는 깨달음과

그런 인선을 보면서 경하가 얻는 통찰도 같은 확장이다. 인선은 아버지가 형무소에 있으면서도 고향 내천 건너편에 있었고, 책상 밑에 무릎을 구부리고 있는 시간에 제주4·3 때 학살되어 공항 활주로 아래 묻힌 소년의 뼈가 동시에 공존했다는 생각을 하는 것, 인선 어머니가 오빠를 찾아다니는 걸 포기할 수 없었던 것이 인선이 단절된 손가락을 되살리기 위해서 계속 바늘에 찔리는 고통을 포기할 수 없는 것과 같다는 생각을 하는 것, 경하가 서울 병실에 누워 있을 인선과 지금 인선의 집 근처에 있는 자신이 "진동하는 실 끝에 이어져"(323쪽) 있다는 생각을 하는 것들이 모두 공존의 세계를 지워 내는 바닷물에 대응하는 실천으로 이어질 것임을 짐작하게 한다.

그러기에 배타적으로 구분해 놓는 세상의 경계 안에 갇히지 말고 경계 위에서 전체를 바라보는 일이 더욱 중요해진다. 주어지는 세상에 대한 무조건적 수용을 거부하는 질문, 세상을 개념화하고 구분하는 행위의 거부, 그리고 은유와 상징 등을 통해 구분된 세계를 연결하고 현재와 제주4·3의 인물들이 같은 곳에 있음을 느끼게 하는 시적 서술 방식 등 모두가 그러한 통찰을 촉진하는 것에로 모아진다.

경계 허물기 방식의 적합성

그렇다면 강력한 배타적 이성(여기서는 이데올로기)이 구분한 제주4·3에 대한 비이성적 접근은 적절할까? 세상을 개념으로 구분하고 분류하는 힘의 원천은 동일성을 지향하는 이성이다. 그것은 감성과 달리 분명하게 구분하고 개별성을 철저히 무시하며, 정해진 원칙과 개념에 따라 일률적으로 작동한다. 동일성 지향의 이성에 철저히 의존할수록 그 위력은 커진다. 이성에 의존한 개념화와 체계화는 어떤 이념이든 작동 시스템이 동일하다. 따라서 기존에 개념화된 이념의 위력이 강하다고 똑같이 배타적 이성에 의존하는 새로운 이념으로 무장하여 대응할 경우 힘의 이동만 있을 뿐 상황은 크게 달라지지 않는다. 여전히 지배하기 위해 세상을 체계화하는 힘이 모습을 달리하며 지배할 뿐이다. 결론적으로 말하면 이성은 고정적이고 변화하지 않는다. 그러므로 배타적 이성의 힘을 빌려 똑같이 세상을 지배하는 배타적 이성에 대응하면 실패할 수밖에 없다.

진정한 변화를 일으키는 것은 이성이 아니라 살아 움직이는 생명이다. 생명은 죽지 않고 살아 있으려 한다. 자신을 죽이고 멸절시키려는 힘 앞에서도 어떻게든 살아남으려 한다.

그 힘은 죽이고 지배하는 힘이 아니라 살리는 힘이다. 세상을 살아 있게 한다. 따라서 이성의 기계적 폭력에 맞서고 벗어나는 길은 살아 움직이는 생명에 주목하는 것이다. 이성이 아니라 생명에 의존해야 한다. 생명이 살아 있고 움직일 때 변화가 찾아온다. 허깨비처럼 나약하기만 했던 인선 어머니가 제주4·3을 살아간 모습이 그랬다. 그녀는 개념화하는 이념과는 거리가 먼 인물이었다. 세상을 구분한 이념의 세상에 빠지지도, 세상을 구분한 경계를 두려워하거나 피하지도 않았다. 그저 사랑하는 오빠의 행방과 생존을 알아내기 위해 적극적으로 자신을 가둔 경계를 넘어 다른 세상을 탐색하면서 감추어진 진실들을 찾아낸다.

따라서 개념화하고 구분하고 분류하는 이성의 통제와 지배에 대한 적절한 대응은 배타적 이성의 힘이 아니라 생명의 존재 방식을 따르는 것이다. 그렇게 할 때 세상을 살아 있게 하고 변화시키는 통찰을 얻을 수 있다. 오빠가 돌아오고 싶은 세상은 바로 그를 배제한 세상의 경계를 허물고, 지역적·시간적 공간에 갇혀 박제된 역사의 실체를 대면하고 통합된 세상의 현재성 확장을 향해 나아가는 것이라 할 수 있다, 등장인물들이 추구한 삶, 작가가 추구하는 삶이 그런 삶이라 할 수 있다. 그래서 제주4·3은 당시 통치 권력의 지배 이데올로기에 대한 항쟁의 관점에서가 아니라 개념화하는 이데올로기로부터의 해방을 향한 자유와 생명의 움직임이었다.

지극한 사랑을 탐구한 소설

김양훈*

눈

소설 『작별하지 않는다』에서 처음부터 끝까지 이어지는 소재는 '눈'이다. 눈송이와 눈 폭풍과 함박눈을 배경으로 이야기가 이어지고 전개된다. 하얀 이미지는 독자의 시야에서 끊어질 듯하다가도 떠나지 않는다. '눈'에 착 달라붙어 떠나지 않는 것이 하나 있는데, 그것은 고통이다.

놀라운 것은 아름답고 순결한 눈송이의 핵은 지상에서 올라온 먼지나 재의 입자라는 것이다. 작가가 독자에게 말하려 하는 것은 다음과 같다고 느꼈다. "네가 어떤 것을 진실로 사

---

* 제주시 애월읍 구엄리 출신으로 제주시에서 고등학교, 서울에서 대학교를 다녔다. 이순(耳順) 중반에 『한라일보』에 김양훈의 「한라시론」 칼럼을 쓰기 시작했다. 습작 소설과 시를 몰래 감춰두고 있다.

36   1부 서사와 시적 언어

랑하게 되면, 그 내부에 존재하는 신비는 네게 밝혀질 것이다. 그러면 너는 결국 세상 전체를 포용하는 사랑으로 감싸 안게 될 것이다."

작가는 독자에게 눈의 탄생 순서뿐 아니라 그 현상과 본질까지 알려 주려 한다. 고통의 연원과 어떤 비슷함, 아니면 지극한 사랑의 모습을 눈을 통해 비유적으로 보여 주려는 것은 아닐까.

하나의 눈송이가 태어나려면 극미세한 먼지나 재의 입자가 필요하다고 어린 시절 나는 읽었다. 구름은 물 분자들로만 이뤄져 있지 않다고, 수증기를 타고 지상에서 올라온 먼지와 재의 입자들로 가득하다고 했다. 두 개의 물 분자가 구름 속에서 결속해 눈의 첫 결정을 이룰 때, 그 먼지나 재의 입자가 눈송이의 핵이 된다. 분자식에 따라 여섯 개의 가지를 가진 결정은 낙하하며 만나는 다른 결정들과 계속해서 결속한다. 구름과 땅 사이의 거리가 무한하다면 눈송이의 크기도 무한해질 테지만, 낙하 시간은 한 시간을 넘기지 못한다. 수많은 결속으로 생겨난 가지들 사이의 텅 빈 공간 때문에 눈송이는 가볍다. 그 공간으로 소리를 빨아들여 가두어서 실제로 주변을 고요하게 만든다. 가지들이 무한한 방향으로 빛을

반사하기 때문에 어떤 색도 지니지 않고 희게 보인다.(93쪽)

희고 아름다운 눈은 소설 속 거의 모든 사건의 목격자이며 과거와 현재를 연결해 주는 매개이다. 그러면서 주인공 경하에게는 죽음 직전까지 가는 고통을 안겨 준 존재이기도 하다. 또한, 인선의 어머니에게는 시체 얼굴에 쌓인 눈은 녹지 않는다는 참혹한 경험을 맛보게도 한다. 희고 아름답고 황홀한 서울의 눈이 제주의 중산간에서는 참혹한 죽음의 현장으로 변하기도 하였다. 서울의 병실에서 인선은 혼잣말처럼 말했다.

"어떻게 하늘에서 저런 게 내려오지?" 창 너머의 안 보이는 누군가에게 조용히 항의하는 듯 그녀는 내 얼굴을 보지 않고 물었다. 눈의 아름다움이란 게 받아들이기 어려운 일이기라도 한 것처럼.(94-95쪽)

제주4·3평화공원에는 「비설飛雪」이라 이름 붙인 모녀 조각상이 있다. 그들 모녀는 제9연대의 초토화 작전이 한창이던 1949년 1월 6일, 눈보라 속에 있었다. 군경 토벌 작전이 벌어진 중산간 마을 봉개동 들판에 그날따라 거친 눈보라가 쏟아졌다. 마을 사람들은 사냥개에게 쫓기는 토끼들처럼 사방으로 흩어져 달아났다. 스물다섯 살 아기 엄마였던 변병생은 두 살배기 딸을 품에 안은 채 거친오름 북동쪽 벌판에서 쫓기고 있었다. 마을에서 멀리 도망가지 못하고 모녀는 '빨갱이 사냥'에 혈안이던 토벌대의 총탄에 맞아 쓰러졌다. 어린 딸을 가슴에 꼭 안은 채였다.

그런데 1948년 11월 17일 선포한 계엄령은 불법을 떠나 무법無法 계엄령이었다. 초토화 작전의 근거로 삼아야 할 계엄법은 제주4·3 계엄령을 선포한 지 1년이 지난 후인 1949년 11월 24일에서야 제정 공포되었다. 우리가 겪은 2024년의 위법한 계엄령은 이 1948년 무법의 계엄령을 단죄하지 못했기 때문이 아닌가. 75년 전 그때 쏟아지던 눈처럼 올겨울은 유난히 눈이 자주 그리고 많이 내린다. 한강 작가가 아무런 뜻도 없이 소설 속에 굳이 평행이론과 양자역학을 이야기한 것은 아닐 것이다. *"녹지 않는 그 눈송이들의 인과관계가 당신의 인생을 꿰뚫는 가장 무서운 논리이기라도 한 것처럼"*(86쪽).

인선의 부탁을 받고 제주에 내려온 경하. 일주도로를 달리는 버스를 탄 그녀는 눈보라를 뚫고 P읍을 향해 가고 있다. 경하는 인선을 생각한다.

이런 눈에 인선은 익숙할까. 나는 문득 생각한다. 이런 눈보라가 그녀에게는 놀랍거나 특별한 일이 아닐까. 어디까지 구름이고 안개이고 눈인지 구별할 수 없는 저 일렁이는 회백색 덩어리가, 자신이 태어나 자란 돌집이 저 거대한 덩어리 속에 분명한 좌표로 존재하고, 죽었는지 살았는지 모를 새한 마리가 그곳에서 기다리고 있다는 사실이.(71쪽)

다만 한 마리 새를 살리기 위해서였다. 사람의 생명이라면 또 모를까. 경하에게 제주에 내려가 달라고 인선이 그러한 부탁을 한 까닭은 무엇일까.

새를 위한 장례

1부 「새」에서 경하는 '아마'를 위해 정성을 다해서 장례葬禮를 치른다. 이 장면은 4·3 와중에 학살된 주검에 대해 예의를 저버린 자들에 대한 고발로 읽혔다.

제주4·3 항쟁이 지속되는 동안 토벌대는 양민에 대해 모진 고문과 무자비한 학살을 자행했다. 빨갱이 절멸을 외치며 그들이 벌인 중산간 마을 초토화 작전은 무참無慘하기 이를 데 없었다. 잔학한 행위는 학살에 그치지 않았다. 그들은 이미 목숨이 끊긴 주검에 대해서조차 모욕 행위를 일삼았다.

사람 취급을 하지 않겠다는 듯 주검에 대해서 그들은 조금의 예의도 없었다. 영락교회에 속한 청년들이 주축이던 서북청년단은 이런 만행을 저지른 핵심이었다.

사랑한 적도 없는 새를 필사적으로 구하려다 실패한 경하는 '아마'라 불리는 앵무새의 주검을 위해 예의를 갖추어 정성껏 묻어 준다. 폭설이 내리는 어두운 밤에 새를 장사 지내기 위해 삽을 들고 홀로 고투하는 장면은 학살자들에 대한 준엄한 고발이었다.

새의 죽은 얼굴을 다시 감싸 여민다. 좀전처럼 손수건이 벌어지지 않도록 흰 무명실로 감고 재봉 가위로 자른다. 매듭을 짓다 잘 안 보여 손등으로 눈을 문지르고서야 끈끈한 즙 같은 것이 새어 나온 걸 안다. 덤불에 찔려 흐른 피와 섞인 그걸 패딩 코트 앞섶에 함부로 닦는다. 시고 끈적이는 눈물이 다시 솟아 상처에 엉긴다. 이해할 수 없다. 아마는 나의 새가 아니다. 이런 고통을 느낄 만큼 사랑한 적도 없다.

한 뼘 남짓한 너비의 작은 통이지만 새의 몸이 워낙 작아, 쓸리고 부딪히지 않게 하려면 더 감쌀 게 필요하다. 두르고 있던 목도리를 풀어 상자의 안쪽 사면을 두른다. 폭이 좁고 길이도 짧아 목으로 들어오는 바람을 제대로 막지 못했던 것

인데. 맞춘 듯 상자의 빈 곳을 메워준다.(152쪽)

1949년 6월 7일, 십자가에 묶여 관덕정 광장에 전시된 무장대 사령관 이덕구의 시신은 때에 전 일본군 비행복을 입고 입가에 피를 흘린 모습이었다. 토벌대는 그를 조롱하기 위해 윗옷 주머니에 수저를 꽂아 넣었다. 이후 경찰은 생포돼 조사받던 그의 부하들을 시켜 효수된 머리를 전봇대에 매달았다. 이 일이 끝나자 당국은 시신을 남수각 냇가에서 화장하였고, 유골은 다음 날 큰비가 내리는 바람에 바다로 떠내려갔다고 발표했다. 죽음에 대한 예의는 찾아볼 수 없었다.

경하의 긴 밤

인선의 혼백이 4·3의 비극을 말해 주기 위해 경하를 찾아온다.

언제 왔어?

병실에서만큼은 아니지만 창백하고 야윈 얼굴이었다. 눈을 비비는 그녀의 오른손이 상처 없이 깨끗한 것을 나는 보았다.

어떻게 온 거야 연락도 없이?

어둠 때문에 더 커 보이는 인선의 두 눈이 내 얼굴을 뚫어

지게 바라보았다.(187쪽)

작가 한강은 지극한 사랑은 삶과 죽음을 뛰어넘는다는 것을 말해 주고 싶었을까. 소설 2부 「밤」에서 작가는 꿈인 듯 생시인 듯, 아니면 이 세상 속이 아닌 유령의 숲으로 우리를 이끈다. 서울의 병원에서 의료 사고로 사망한 인선의 혼백과 이미 장례를 치른 두 마리의 새가 환생해 경하와 밤을 함께한다.

대학 시절 그의 시를 감상한 교수들이 작가에게 '무당끼'가 있다고 평했다. 그의 시집을 읽어 본 독자라면 그와 같은 인물평에 대해 고개를 끄덕일 것이다. 소설 속에는 그가 지었던 시문詩文들의 변주가 곳곳에 박혀 있다. 그의 시집 『서랍에 저녁을 넣어두었다』를 먼저 읽고 소설을 읽는다면 노벨문학상위원회가 그의 작품을 두고 왜 '시적 산문'이라고 했는지 알 수 있을 것이다.

그런 점에서 노벨문학상위원회의 심사위원들이 그의 소설을 얼마나 꼼꼼히 읽었는지 알 수 있다. 노벨문학상 위원장은 노벨상 수상 발표문에서 "한강은 작품에서 역사적 트라우마와 보이지 않는 규칙에 맞서며, 작품마다 인간 삶의 연약함을 드러냅니다. 그녀는 육체와 영혼, 산 자와 죽은 자 사이의 연결에 대한 독특한 인식을 가지고 있으며, 시적이고 실험적인 스타일로 현대 산문의 혁신가가 되었습니다"라고 했다.

작가가 의도한 '작별'의 의미를 콕 집어 말하기는 쉽지 않다. 그래서 소설 2부 「밤」의 1편 「작별하지 않는다」의 문단을 몇 번이고 되풀이하여 읽지 않을 수 없었다.

소설 『작별하지 않는다』는 이야기 한 편의 완성을 위해 이야기 조각들을 모아 조합해 나간 것이 아니다. 그와 반대로 작품 속에 뿌려진 이야기 하나하나가 거의 독립적으로 빛나고 있는 구성이다. 그래서 문단 하나하나를 한 편의 시詩로 읽어 내야 하는 은유의 구절로 이루어져 있는데 소설 2부의 「밤」은 더욱 그러하다.

그래서 사람들은 『작별하지 않는다』가 쉽게 읽히지 않는다고 투정을 부리는 것이다. 누구나 읽는 데 애를 먹을 수밖에 없다. 이야기 전체를 완벽하게 이해하고야 말겠다는 욕심이 잘못되었다는 것을 알아채는 것은 소설을 두세 번은 읽고 나서다. '시적 산문'이 무엇인지 알게 되었을 때 비로소 세 여자의 이야기는 겨우 시적 서사로 자리 잡는다.

그런데 삶은 영원한 밤일 따름이고 삶의 의미란 고통뿐이었던, 그 불운한 시대를 살아 내야 했던 사람들에게 시적詩的

상상이 가당키나 하나? 고통과 슬픔으로 빚어진 지옥의 세계를 어떻게 용서하고 작별할 수 있다는 말인가.

불가능한 작별?

소설을 읽고 나서 '작별하지 않는다'라는 제목의 뜻은 도대체 무엇인가 묻게 된다. 프랑스어 번역본에는 '불가능한 작별*Impossibles adieux*'이라고 제목을 붙였다. 원제목과 프랑스어판 제목에서 말하는 작별의 대상은 무엇일까? 나는 악몽이라고 생각했다. 아프고 고통스럽지만 역사적 사실과 진실은 이별이 대상이 될 수 없다.

> 제목이 뭐야?
>
> (…)
>
> 생각해보니 내가 제목을 묻지 않았어.
>
> 나는 대답했다.
>
> *작별하지 않는다.*
>
> (…)
>
> 말을 꺼내지도, 얼굴을 마주 보지도 않은 채 우리는 앉아 있었다. 주전자 밑면에서 물 끓는 소리가 들리기 시작했을 때에야 인선이 침묵을 깨고 물었다.

작별인사만 하지 않는 거야. 정말 작별하지 않는 거야?

(…)

완성되지 않는 거야, 작별이?

흰 실타래 같은 증기가 주전자 부리로 새어 나오기 시작했다. 맞물렸던 뚜껑이 달그락거리며 반쯤 열렸다 닫히길 반복했다.

미루는 거야, 작별을? 기한 없이?(190-193쪽)

아이가 투정을 부리듯 인선은 경하에게 계속해서 묻는다. 경하는 갑자기 생각한다. 저 어둠을 뚫고 갈 수 있을까. 인선은 경하의 답 듣기를 체념한 것처럼 두 개의 머그잔에 뜨거운 물을 부으며 말한다. "걱정했던 거 기억나? (…) 제주에도 충분히 눈이 오느냐고 네가 걱정했잖아"(193쪽). 경하는 미소가 가시지 않는 인선의 입술이 찻잔에 닿는 걸 보며 생각한다. "저렇게 뜨거운 것을 혼魂이 마실 수 있나?"(194쪽).

지극한 사랑은 고통에 대한 공감

작가 한강의 세계에서는 기쁨이란 게 없다. 희망도 뚜렷하지 않다. 태양이 빛나는 한낮의 밝음은 추방된 것만 같다. 기쁨과 희망 대신에 고통이 자리를 잡았고, 어두운 밤에는 슬픔이 가득하다. 우리가 전혀 들어 보지 못한 혼란과 탄식이 계속해서 흐른다. 이러한 절망적인 고통에서 벗어날 통로는 어디에 있는 것일까.

인선은 병상을 찾은 경하를 앞에 두고 혼잣말처럼 말한다. 자신의 손가락 두 개가 잘려 나간 고통에 대해, 인선은 마치 창밖 어딘가에 있는 '다른 사람'에게 건네는 말처럼 속삭인다.

> 총에 맞고,
> 몽둥이에 맞고,
> 칼에 베여 죽은 사람들 말이야.
> 얼마나 아팠을까?
> 손가락 두 개가 잘린 게 이만큼 아픈데.
> 그렇게 죽은 사람들 말이야, 목숨이 끊어질 정도로
> 몸 어딘가 뚫리고 잘려나간 사람들 말이야.(56-57쪽)

인선이 말하는 '다른 사람'이란 4·3의 희생자를 넘어, 그와 비슷한 일이 일어났던 곳에 있었던 모든 사람을 말하고 있다. 이 대목에서 우리는 고통의 공감에 대한 작가의 시야를 짐작해 볼 수 있다. 또한, 시대와 장소를 관통해 인류가 겪는 참상을 통찰하고, 그 고통에 공감하고 있음을 엿본다.

또 한편 인선은 어머니의 병을 수발하면서 뒤늦게야 비로소 어머니의 삶을 온전히 이해하게 된다. 어머니의 악몽과 고통은 사랑이었다는 것을.

> 여전히 바람이 불지 않았다. 낱낱의 눈송이들이 한없이 느리게 떨어지고 있어서, 레이스 커튼의 커다란 문양들처럼 허공에서 서로를 잇고 있는 것처럼 보였다.
>
> (…)
>
> 여기쯤 멈춰 서서 엄마는 저 건너를 봤어. 기슭 바로 아래까지 차오른 물이 폭포 같은 소리를 내면서 흘러갔어. 저렇게 가만히 있는 게 물 구경인가, 생각하며 엄마를 따라잡았던 기억이 나. 엄마가 쪼그려 앉길래 나도 옆에 따라 앉았어. 내 기척에 엄마가 돌아보고는 가만히 웃으며 내 뺨을 손바닥으로 쓸었어. 뒷머리도, 어깨도, 등도 이어서 쓰다듬었어. 뻐근한 사랑이 살갗을 타고 스며들었던 걸 기억해. 골수에 사무치고 심장이 오그라드는…… 그때 알았어. 사랑이 얼마나 무서운 고통인지.(310-311쪽)

거대하고 지극한 사랑

한강 작가는 철자 하나뿐 아니라 책 표지 선정에도 매우 섬세하게 관여했다고 한다. 모래사장 위로 하얗게 덮쳐 오는 해일 같은 표지 이미지가 상징하는 것은 인선의 엄마다. 사춘기 시절 엄마가 보기조차 싫어 가출까지 감행했던 인선, 어느 때부터 엄마가 거인처럼 보였음을 경하에게 실토한다.

커다란 광목천 가운데를 가윗날로 가르는 것처럼 엄마는 몸으로 바람을 가르면서 나아가고 있었어. 블라우스랑 헐렁한 바지가 부풀 대로 부풀어서, 그때 내 눈엔 엄마 몸이 거인처럼 커다랗게 보였어.(310-311쪽)

그리고 『작별하지 않는다』 뒤표지에는 출판사 편집부의 소개 글이 있다. "이곳에 살았던 이들로부터, 이곳에 살아 있는 이들로부터 꿈처럼 스며오는 지극한 사랑의 기억."

사랑은 고통의 기록이다. 국가폭력으로 일상이 깨어진 삶 속에서 겪어야 하는 사랑의 고통은 몇 곱절이다. 그 고통은 메아리처럼 세대를 건너 되돌아온다. 아픈 울림이 사라질 때까지 함께하며 상대를 향해 "괜찮아, 이제 괜찮아"라며 다독일 수 있는 깨달음은 쉽게 오지 않는다.

자기만의 고통에 갇혀 괴로워하는 경하에게 인선은 아픔의 경계를 뛰어넘을 것을 계속해 암시하고 있다. 고통을 서로 나누어야만 우리는 사랑하는 법을 배울 수 있다고 말이다.

> 서른 넘어야 그렇게 알았다.
> 내 안의 당신이 흐느낄 때
> 어떻게 해야 하는지
> 울부짖는 아이의 얼굴을 들여다보듯
> 짜디짠 거품 같은 눈물을 향해
> 괜찮아
> 왜 그래, 가 아니라
> 괜찮아.
> 이제 괜찮아.
>
> – 한강, 「괜찮아」, 『서랍에 저녁을 넣어 두었다』 중에서

공간을 시간으로 바꾸는 언어

윤상희*

성근 눈

소설은 "성근 눈이 내리고 있었다"라고 시작한다.

나에게 눈은 저만치 떨어져서 보고 싶은 어떤 풍경이었다. 하지만 한강 작가의 『작별하지 않는다』를 읽고 나서 이제 나에게 눈은 제주를, 제주4·3을 떠올리게 한다. 눈 내리는 풍경이 77년 전 제주의 시간이 되어 시간의 경계를 지우고 덮으며 장악한다. 바람을 거느리기도 하고, 무너뜨리기도 하고, 길을 막고 시야를 뿌옇게 한다. 얼어붙은 땅 제주를 4·3이라는 시간으로, 눈으로 작가는 끊임없이 치환하고 있다. '성근

---

* 곶자왈을 좋아하는 숲해설가로, 제주 가서 제줏말로 제주의 식물들과 바람과 돌과 지나간 시간들이 묻어나는 '지금'을 이야기하고 싶어한다. 시가 되거나 여행이 되는 제주를 좋아한다. 바람이 전하는, 돌에 스민 제주의 이야기가 궁금하다.

눈'이 제주4·3을 거느리며 글 속에서 끊임없이 내리고 있다. "수많은 흰 새들이 소리 없이 낙하하는 것 같은 함박눈"(178 쪽)은 죽음이 생명에게 말을 거는 묘한 울림으로, 진동으로 내리기도 한다. 이 작품에서 눈은 작별할 수 없는 시간이 된 다. 악몽 같은 힘듦으로 쓴 한강 작가의 지극한 사랑이 차갑 게 뜨겁다.

성근 눈이 낙하

뒤따르는

또 성근 눈이 직조하는 어둠이

박명에 빛난다

그 땅에는

눈이 와도 녹지 않는

얼굴이

– '성근 눈'을 여운으로 한 졸시

묘비, 무덤

"야트막한 산으로 이어져 있는 벌판에서 수천 그루의 검 은 통나무들. 마치 수천 명의 남녀와 야윈 아이들이 어깨를 웅크린 채 눈을 맞고 있는 것 같"(9쪽)은 꿈으로 시작한다. 작가는 제주도의 겨울을 보내는 나무들을 묘지를 가리키는 묘비로 끝까지 묘출描出한다. 제주에는 바다에도 무덤을 쓴다는 작가의 상상이 제주4·3을 떠올리게 하며 송곳처럼 나를 찌른다. 제주 4·3은 한라산이나 오름이나 불탄 마을이나 쓰러진 산담에만 있는 것이 아니라 눈 내리는 모든 곳이 제주4·3의 현장이다.

비탈진 능선부터 산머리까지 심겨 있는 위쪽의 나무들은 무사하다. 밀물이 그곳까지 올라갈 순 없으니까. 그 나무들의 무덤들도 무사하다. 바다가 거기까지 차오를 리는 없으니까. 거기 묻힌 수백 사람의 흰 뼈들은 깨끗이. 서늘하게 말라 있다.(26쪽)

바다만 구경할 수 없는 제주다. 이산하의 시 「한라산」에도 제주는 "혓바닥을 깨물 통곡 없이는 갈 수 없는 땅, 발가락을 자를 분노 없이는 오를 수 없는 산"이다. 그 제주에서 눈과 바람에 시달리는 검은 나무들. "수천 그루의 검은 통나무들 위로 흩어지던 눈발이, 잘린 우듬지마다 소금처럼 쌓여 빛나던 눈송이들이 생시처럼 생생"(11쪽)한 이곳은 "물에 잠긴 무덤들과 침묵하는 묘비들로 이뤄진"(12쪽) 성근 눈이 내리는 제주다. 예나 지금이나, 꿈에서나 생시에서나. 성근 눈이 내리는 제주에는 눈과 바람, 차가운 계절, 그리고 어둠만 있던 것이 아니다. 제주를 둘러싼 바다. 바다로 인한 고립과 잔혹한 무원은 그대로 죽음이었다.

> 검은 나무를 꽂아두고
> 실톱이 베지 못한 악몽이,
> 명치의 불덩이가
> 넘어진 자리에 꿈으로 또 죽었다.
> 뺨에 녹지 않은 눈이, 무덤이
> 검은 나무 일으켜 죽음을 세우고
> 바다까지 달리는 죽음이 검다
> 바다가 말라버린
> 사막에 눈이
>   – '실톱이 베지 못한 악몽'을 여운으로 한 졸시

배음(倍音)

"누군가의 어깨에 얹으려다 말고 조심스럽게 내려뜨리는 손끝처럼 눈송이들은 검게 젖은 아스팔트 위로 내려앉았다가 이내 흔적 없이 사라진다"(89쪽). 어린 시절 이 장면을 본 기억이 있다. 제주가 아닌 다른 곳에서도 볼 수 있을 것이지

만 작고 하얀 눈송이들이 검은 아스팔트 위에서 흡수되듯 다 내려앉기도 전에 닿는 표면 위에서 사라지는 모습. 문득 떠오르는 어린 시절 무료한 나의 기억을 작가는 제주의 에피소드처럼 무기력하게 묘사하고 있다. 제주의 아스팔트처럼 검고 차가운 진실을 알리려던 가볍고 하얀 눈송이들은 해마다 내리지만 이내 사라졌는지.

"이 섬의 바람은 마치 배음^{倍音}처럼 언제나 깔려 있는 무엇이다"(129쪽). 그냥 살아가는 시간 위로 덧나게 씌워진 오버톤의 소리. 제주의 바람은 제주의 음향이다.

묻어도, 손가락으로 입을 지워도 밀려갔다 밀려오는 지옥 같은 나날들이 새까맣게 타들어 갔을 일이다, 현무암처럼. 매일 까맣게 단장하고 더는 까맣게 덧씌울 수 없을 두께로 제주를 둘러싼 검은 슬픔이다. 상엿소리처럼 퍼지며 바람에 덧씌워진 제주를 휘감는 소리다. 배음이다. 제주에만 있는 바람 소리가 덧씌운 주파수.

눈 오는 소리는
눈 오는 소리를 부른다
검은 현무암이 사막이 된 바다에
현무암이 타들어 가는 연기가 파도치고

숨죽이고 들을 수 있는 수장水葬

그것도 속솜허라

　　　　　　　　　– '배음倍音'을 여운으로 한 졸시

고통과 상실

"삽날을 타고 마침내 얼지 않은 속흙의 감각이 느껴진다"
(154쪽).

'아마'를 묻으려 했다. 그해 겨울에 얼지 않은 속흙에 찾아
묻어야 했던 많은 새. 차마 묻지 못했던 많은 새. 애도할 수
없었던 많은 나날. 이 소설에 나오는 앵무새 두 마리. 아마와
아미. "하지만 새가 있어. 손끝을 건드리는 감각이 있다. 가
느다란 맥박처럼 두드리는 게 있다. 끊어질 듯 말 듯 손가락
끝으로 흘러드는 전류가 있다"(138쪽). 새를 묻어 주는 모습
에서 생명이 죽음으로 가는 애도의 장면이 인상적이었다. 단
지 주검으로 보지 않고 금방 연기처럼 사라진 생명을 더 생
생하게 묘사하는 작가의 시선이 느껴진다.

애도는 죽은 자를 우리 안에 살게 하는 일이다. 어떤 고통
도, 죽음도 개별적이고 주관적임을 떠올리게 한다. 제주4·3
혼령들에게 제대로 애도하지 못한 것을 이 소설은 비수를 내

리치듯이 눈이. 그렇게 많은 눈이 차갑게. 그리고 이 소설은 눈이 가닿거나 바람이 스치거나 파도치는 바다에서 상처들이, 애도하지 못한 죽음이 소설에서 '박명薄明'에 빛나고 있다. '해가 뜨기 전이나 해가 진 후 얼마 동안 주위가 희미하게 밝은 '박명'은 이 소설의 조명이다. 태양이 드리우는 빛이 아니라 피와 눈물이 말 못 한 이야기들이 흙에 스미고 발하는 어둠이 드리우는 빛이다.

"절벽처럼 일어선 파도가 해안을 덮치는 대신 힘차게 뒤로 밀려 나갔다. 수평선을 향해 현무암 사막이 펼쳐졌다. 거대한 무덤 같은 바닷속 오름들이 검게 젖어 번쩍였다"(175쪽). "모든 나무가 불에 탄 듯 검은빛을 띠었다. 잎사귀도 가지도 남지 않은 채 재의 기둥처럼 묵묵히 서서 검은 사막을 내려다보고 있었다"(176쪽). 어둠과 절망이 무덤 같은 바닷속 오름으로 솟아 있다. 제주의 오름은 바다에도 있다. 드러나 보이는 상처도 차마 볼 수 없었는데 보이지 않는 상처까지 미처 헤아리지도 못하는 것이 제주4·3이다. 제주에 오름이 몇 개인지 보이는 것도 잘 헤아리지 못하는데 보이지 않는 오름은 어찌할지. "등 뒤로 펼쳐진 숲이 정적에 잠겨 있었다. 수 킬로미터 너머에서 아득하게 가지 부러지는 소리가 건너왔다"(319쪽). 묘비가 쓰러지고 눈은 더 이상 풍경이 아닌 제주의 역사를 숨겨야 살 수 있었던 시간을 봉인하는 장치로 작가는 이야기하고 있다. 시간이 공간에 관여할 수 있다니! "아니 침묵하는 나무들뿐이다. 이 기슭에 우리를 밀봉하려는 눈뿐이다"(320쪽).

> 불탄 집에서 찾은 막내를 살린 것은 겨울이었다
> 겨울에 베인 살갗이다. 동백보다 더 붉은 피다
> 부두에 두고 내린 죽은 아이는 살아있다고 한다
> 붙잡히면 죄가 있고, 명부에 오르면 죄가 있고
> 수천 구의 시신이 있는 갱도에서 찾지 못한 이름
> 돌을 뜨겁게 데워 심장은 눌러야 사는 사람들
> 아파야 살 수 있었던 나날들
>   – '돌을 데워 심장을 눌러야'를 여운으로 한 졸시

죽은 다음에도 배고픈 게 있어?

"목말랐니? 물 한 모금을 부리로 물었다가 허공을 올려다보며 삼키는 동작을 반복하는 아마를 지켜보다 나는 물었다. 동작을 멈춘 새가 고개를 외틀고 나를 보았다"(181쪽).

죽은 다음에도 배고픈 새, 아마를 위해 물을 주는 모습에서 나는 심장이 고동치며 천천히 얼어붙었다. 한참을 머뭇거리

고 있었다. 어쩌면 이 소설이 여기서 나온 연유緣由라고. 오도
가도 못하고 웅크리고 죽은 사람들에게 배고픈 일은 아직까
지. 한강 작가는 그들에게 밥상을 차려 주고 있었던 것은 아
닐까 하는, 우습지만 슬픈 생각이 온몸을 돌아다니고 있었다.
죽은 다음에 배고픈 사람들을 떠올려야 했다. 이름 불러 가며
눈처럼 하얀 밥을 수북하게 드릴 일이다. 죽었다는 소식도 전
하지 못한 사람들은 또 오죽하랴. 이름도 모르고 영문도 모르
게 죽은 사람들은. 죽은 다음에도 배고픈 게 있다는 것을 어
느새 안다. 돌아서면 이내 배고픈 일은 살아서도 죽어서도 다
르지 않은 것인지. 숨을 죽여야 들리는 작은 소리. 들숨과 날
숨 사이에 죽음이 어려 있다. 삶과 가까운 죽음이 있다.

새를 지켜야 해.
잘린 손가락 부위를 찌르고 있어야 해.
　　　　　　　　　　　　– '잘린 손가락'을 여운으로 한 졸시

또 눈

"내려가고 있다. 수면에서 굴절된 빛이 닿지 않는 곳으로.
중력이 물의 부력을 이기는 임계 아래로"(267쪽). 침묵과 소
리의 사이, 삶과 죽음의 사이, 어둠과 빛의 사이, 기억과 현

실의 사이. 신이 있어야 할 모든 그 사이에 내리는 눈이다. 소설 속에서 눈은 감각을 지닌 생명처럼 다양하게 묘사되고 있다. 한강 작가에게서 숨을 부여받은 눈들이 소설 속에서 생생하게 살아 있는 것이다. 소리의 잔향이 허공의 눈송이들 속으로 빨려 들어가고 있다. "그녀의 숨소리가 들리지 않았다. 내가 내쉬는 숨소리도 눈의 입자들 속으로 삼켜졌다"(311쪽). 이렇게 차갑고 아름답고 적대적인 것이 소금 가루 같은 눈발이었다가, 중산간 쪽으로 일렁이는 거대한 눈구름 덩어리였다가, 낮게 나는 새들처럼 해수면 위로 나부끼는 찬란한 눈송이들의 자비 같은 것이 저 산간에는 없다고 한다. 숨막히는 밀도의 눈보라 속으로 들어가기도 한다. 새 날개 퍼덕이는 소리로 소설은 끝나고 있다.

> 1948년 겨울이 지나고
> 수틀에 당겨 끼운 천처럼
> 팽팽한 침묵의 시간이 지나고
> 먹의 바다 같은 어둠에서
> 눈송이가 불꽃에 녹아
> 새가 날개를 퍼덕인다.
>
>   – '수틀에 당겨 끼운 천'을 여운으로 한 졸시

2부

애도의 서사

연약한 생명에 바치는 영가(靈歌)

양경인*

소설은 꿈 이야기로 시작된다. 긴 세월 강요된 침묵 속에 갇혀 있던 제주4·3을 세상에 처음 알린 작가 현기영은 중편 소설「순이 삼촌」을 발표한 후 고초를 겪었다. 이후 현기영은 30여 년 써 온 제주4·3에서 벗어나 다른 소설을 쓰려고 했을 때 꿈을 꾸었다. 제주4·3 영령들이 집단으로 나타나 "네가 얼마나 했다고 벌써 4·3을 빠져나가려고 하느냐"며 직설적으로 호통쳤다는 것이다. 이 작가가 3부작 장편소설『제주 도우다』를 쓰기까지는 50년의 세월이 필요했다. 이렇듯 오랫동안 제주4·3 문학은 미증유의 폭력과 쏟아져 나온 증언

---

* 제주에서 나고 자랐다. 20대에 4·3과 인연을 맺은 후 제주4·3연구소의 창립 멤버로 일했다. 재경 제주4·3 희생자와 유족 증언 조사 책임연구원, 제주4·3 70주년 신문 편집위원장을 맡는 등 제주4·3을 세상에 알리는 일을 하였고, 현재 4·3 평화인권 교육 강사로 활동하고 있다.『이제사 말햄수다』(공저),『4·3과 여성』등을 출간했으며,『선창은 언제나 나의 몫이었다』로 제9회 제주4·3평화문학상 논픽션 부문을 수상했다.

구술 등 1차 자료의 중압감으로 역사적 무게에 짓눌려 있었다. 제주4·3의 비극을 풀어내기에 참혹한 사실을 뛰어넘는 문학적 상상력은 누구에게나 버거웠을 것이다. 이런 상황에서 한강의 소설이 나왔다. 작가의 분신이라고 생각되는 소설 속 경하는 광주항쟁을 다룬 소설을 쓰고 나서 꿈에 시달리는데, 처음에 작가는 광주의 트라우마에서 벗어나지 못한 것이라고 생각하다가 차차 그 꿈이 제주4·3의 부름이었음을 알게 된다. 현실의 리얼리티를 이미지로 표현하는 데 탁월한 한강은 통나무, 바다, 묘지 등 상징이 가득한 꿈을 꾸는 것이다.

> 이미 물에 잠긴 무덤들은 어쩔 수 없다 하더라도, 위쪽에 묻힌 뼈들은 옮겨야 했다. 바다가 더 들어오기 전에, 바로 지금. 하지만 어떻게? 아무도 없는데. 나에겐 삽도 없는데.(10쪽)

이 대목은 경하가 제주4·3 희생자 애도를 위한 샤먼 같은 역할을 하게 되리라는 것을 시사한다. 이 꿈의 내용이 소설 전체를 아우르면서 애도를 위한 여정이 시작되는 것이다. 경하는 광주항쟁을 다룬 소설을 탈고한 후 몇 년간 "껍데기에서 몸을 꺼내 칼날 위를 전진하는 달팽이 같은"(12쪽) 시간을 통과하며 다시 그 꿈과 마주하게 되었다. 그리고 "파도가 흽

쓸어가 버린 저 아래의 뼈들을 등지고 가야 한다"(26쪽)라고
깨닫는다.

　감은 눈꺼풀 속으로 별안간 그 벌판이 밀려들어왔다. 수천
그루의 검은 통나무들 위로 흩어지던 눈발이, 잘린 우듬지마
다 소금처럼 쌓여 빛나던 눈송이들이 생시처럼 생생했다.
　그때 왜 몸이 떨리기 시작했는지 모른다. (…) 그걸 공포라
고 부를 수 있을까? 불안이라고, 전율이라고, 돌연한 고통이
라고? 아니 그건 이가 부딪히도록 차가운 각성 같은 거였다.
보이지 않는 거대한 칼이―사람의 힘으로는 들어올릴 수도
없을 무거운 쇳날이―허공에 떠서 내 몸을 겨누고 있는 것
같았다. 나는 그걸 마주 올려다보며 누워있는 것 같았다.
　봉분 아래의 뼈들을 휩쓸어가기 위해 밀려들어오던 그 시
퍼런 바다가, 학살당한 사람들과 그후의 시간에 대한 것이
아니었는지도 모른다고 그때 처음 생각했다. 다만 개인적인
예언이었는지도 모른다고. 물에 잠긴 무덤들과 침묵하는 묘
비들로 이뤄진 그곳이, 앞으로 남겨질 내 삶을 당겨 말해주
고 있었는지도 모른다고.
　그러니까 바로 지금을.(11-12쪽)

이 대목을 읽으며 제주4·3 영령들이 한강 작가를 영매로

선택하였구나 생각했다. 경하는 보이지 않는 거대한 칼이 허공에 떠서 몸을 겨누고 있는 형국이 자신의 삶을 당겨 말해주고 있는지도 모른다고 받아들이게 된다. 피할 수 없고 써야만 극복되는 천형과도 같은 작가의 운명을 생각해 보는 이 장면에서 박경리가 『토지』를 쓸 때의 심경을 토로한 글이 떠올렸다.

> 포기함으로써 좌절할 것인가. 저항함으로써 방어할 것인가. 도전함으로써 비약할 것인가. 다만 확실한 것은 보다 험난한 길이 남아 있으리라는 예감이다.(박경리, 『토지』 1부 「자서」 중에서)

1부 「새」에서 전기톱에 잘린 인선의 손가락이 봉합되려면 신경을 3분마다 자극해야 소생할 수 있다는 대목은 여러 정황과 중첩되어 있다. 경험자의 말을 빌리면 손목이 잘려도 통증은 잘린 단면에서 오는 것이 아니라 잘려 나간 손가락 끝에서부터 온다고 한다. 인선의 어머니는 제주4·3 당시 부모는 물론 오빠와 어린 남동생을 잃었다. 그래서 두 개의 잘린 손가락은 혈연의 은유로 이해되고, 잘린 손가락의 통증은 경하 꿈속의 잘린 통나무, 잘린 사람들과 연결되면서 제대로 애도해야 한다는 뜻으로 들린다.

입원한 인선은 경하에게 제주의 중산간 집에 두고 온 앵무새 아마를 지금 당장 내려가 돌봐 달라는 무리한 부탁을 한다. 경하는 자신이 새를 꼭 돌봐야 할 의무는 없는 거라고 살짝 비켜섰다가 자신이 돌보지 않으면 안 된다고 마음을 다잡게 된다. 그리고 새가 이미 죽었다는 것을 알았을 때는 지극한 예를 갖추어 장례를 치른다. 죽은 새를 보며 경하는 자신을 기어이 제주의 중산간 마을, 아마가 있는 인선의 집으로 가게 한 뜻을 감지한다. 새를 돌봐 달라는 인선의 부탁은 제주4·3의 애도를 이어 가라는 부탁이기도 했다. 앵무새 아마는 미증유의 국가폭력 아래 죽어 간 제주4·3 영령의 은유이므로 경하가 새를 돌보러 가는 중산간 길은 타인의 고통으로 들어가는 길이고, 제주4·3의 고통을 내재화하는 길이기도 하다. 『소년이 온다』에서 작가는 "네가 죽은 뒤 장례를 치르지 못해 내 삶이 장례가 되었다"라고 했는데, 다행히 경하는 한발 더 나아가 애도의 예를 갖추어 아마의 장례를 치를 수 있었다.

아마는 두 눈을 각각 다른 곳으로 볼 수 있는 단안시를 가졌다. 한쪽 눈이 실내를 본다면 다른 한쪽이 보는 곳은 창밖의 그 무엇이다. 제주4·3을 겪고 평생 트라우마 속에 살고 있는 인선의 아버지도 두 세계를 산다.

마치 두 세계를 사는 사람 같았어요. 한 눈으로는 나를 보
고 다른 한 눈으로는 내 몸 너머 다른 빛을 보는 것같이, 어
두운 방인데도 부신 듯이 눈을 가늘게 뜨고 나를 올려다봤어
요. (165쪽)

제주4·3을 겪은 많은 이들도 오랜 세월 강요된 침묵 속에
서 두 세계를 살았다. 그들은 상처를 깊숙이 감추고 잊어야
만 현실을 살아갈 수 있었다. 그러나 지금까지도 제주4·3 유
족들은 중병이나 임종의 극한 상황이 오면 생전의 기억들은
모두 사라져도 제주4·3의 기억만은 또렷이 남아 어둡고 외
진 방에 숨어 지내거나 자신들이 목도한 학살 현장을 배회하
곤 한다.

2부 「밤」은 죽은 줄 알았던 생명들이 돌아오는 시간이다.
병원에서 인선이 돌아오고 죽은 새가 돌아온다. 과거를 돌아
보며 살았던 정심의 삶은 딸 인선에게 옮겨져 제주4·3의 진
실 찾기 작업을 이어 갔고 이제 남은 몫은 친구 경하에게로
간다.

방금까지 따뜻한 피가 돌았던 듯 생생한 적막에 싸인 조
그만 몸을 들여다보는 동안, 그 끊어진 생명이 내 가슴을 부
리로 찔러 열고 들어오려 한다고 느낀다. 심장 안쪽까지 파

고들어와, 그게 고동치는 한 그곳에서 살아가려 한다.(150-
151쪽)

제주도 굿 사설 말미에 나오는 '미여지벵듸'는 망자의 삶
과 죽음이 함께 머무는 곳이다. 저승으로 가는 동안 생전의
모든 미련과 고통, 원한 등을 미여지벵듸의 앙상한 나뭇가지
에 걸쳐 두고 나비가 되어 훨훨 날아가라는 뜻을 담고 있는
시공간이다. 그러나 제주4·3의 많은 영령들은 아직도 구천
을 헤매 다닌다. 구천이란 그분을 기억하는 사람들의 심장이
고 작별할 수 없는 사람들의 마음일 것이다.

3부 「불꽃」에 나오는 많은 에피소드도 대부분 상징과 은유
로 표현되고 있다. 작가는 독자에게 질문만 던지므로 그 질
문에 동참하지 않으면, 말 없음의 행간을 사유하지 않으면,
작가가 의도한 '지독한' 사랑의 진실에 다다르기 어렵다. 이
소설에서 작가가 말하는 영혼은 기억의 다른 이름이 아닐까.
촛불에 의지하여 앞에서 걷는 사람들의 발자국을 따라 걷는
인선과 경하의 뒤를 우리도 촛불 릴레이처럼 이어가야 한다
고 말하는 것 같다. 촛불은 미미하지만 꺼지지 않는 기억의
전승이다.

생명은 아픔이요, 생명은 사랑이다. 아픔과 사랑이 사라

져 가는 세상, 아픔과 사랑이 없을 때 생명은 존재할 수 없고 따라서 생존生存도 확약確約할 수 없는 것 아닐까? 생명은 개성個性이다. 생명에 동일한 것은 없다. 다만 동일한 것이 있다면 생명은 생명을 기르는 것뿐이다.(박경리의 수필「환상의 새」중에서)

한강도 이 소설에서 뭇 생명의 본성에 관한 질문을 담고 있었다. 20그램밖에 안 되는 몸, 날기 위해서 뼈에 숭숭 구멍이 뚫려 있고 며칠만 굶으면 바로 아사하는 연약한 생명체인 새 아마는 오랜 세월 동안 애도받지 못한 제주4·3 영령의 모습이기도 하다. 한강의 새는 제주4·3 당시 토벌대의 총구 앞에 무력했던 희생자들의 모습으로 눈발과 혼재되어 시공을 넘나들고 있었다. 죽어 가는 남동생의 빠진 앞니에 깨물어 피를 낸 손가락을 넣고 따뜻한 피를 빠는 미세한 느낌이 올 때 느꼈을 정심의 심정, 가출하여 생사를 모르는 딸에게 콩죽을 먹이고픈 마음, 무릇 생명이란 살아 있기에 아픈 것들이다.

그러나 나는 소설 속의 경하처럼 폭설 속의 중산간 마을로 기어 올라가고 싶지 않았다. 뒤돌아보면 돌이 되어 버리는 상황으로 나를 내몰고 싶지 않았다. 하늬바람이 아우성 치는 제주도 중산간의 눈발 속에서 제대로 애도받지 못한 제

주4·3의 영령들을 생각한다는 것은 너무나 괴로운 일이었으므로. 나는 아이를 낳고 키우며 유한한 내 삶을 향유하고 싶었다.

그래서 『작별하지 않는다』를 읽는 시간은 고통스러웠다. 경하의 여정에 동참해야만 이해가 가능한 문장들, 바위에 정으로 새기는 것 같았던 작가의 언어들을 힘겹게 따라가면서 몇 번을 멈추었는지 모른다. 그러면서 어느새 나도 경하와 함께 중산간 눈발 속을 올라가고 있었다. 작가는 언어가 정신의 지문임을 인식시키며 나에게 또는 우리에게 '문학이란 무엇인가'라는 질문을 던지고 있다. 『작별하지 않는다』는 제주4·3의 아픔을 생명의 관점으로 어루만지며 모든 연약한 것들에 바치는 영가靈歌다.

연민은 다른 이의 고통과 내 고통의 결합*

임삼숙**

한강의 소설은 시각과 청각, 촉각을 곤두세워 읽게 된다. 감각을 통해 뇌의 시냅스를 타고 마음과 정신을 움직인다. 『작별하지 않는다』는 특히 더 그랬다. 깊이 사랑하지 않고는 그렇게 표현할 수 없을 만큼 눈과 고통에 대한 표현이 절절했다. 2023년은 화이트 크리스마스였고 그즈음 책을 읽을 수 있어 다행이었다.

눈

온다. / 떨어진다. / 날린다. /흩뿌린다. / 내린다. / 퍼붓

---

* 이 글은 4·3문학회 문집 『끝아보카』 창간호(2024)에 실린 독후감 「"내가 있잖아": 한강의 『작별하지 않는다』를 읽고」를 일부 수정한 것이다.
** 광주가 고향이고, 제주에서 16년을 살았다. 제주의 땅과 색깔을 좋아하고, 제주말 '무사'를 좋아하며 제주를 그리워한다.

는다. /몰아친다. / 쌓인다. / 덮는다. / 모두 지운다.(176-177쪽)

소설 안에서의 눈은 마치 바흐의 「골드베르크 변주곡」처럼 느껴졌다. 「골드베르크 변주곡」은 하나의 주제 아리아에 대해 장조와 단조로 변주하고, 사라방드, 푸가, 토카타, 소나타, 코랄, 아리아 등으로 연주한 30개의 다양한 변주곡이다. "이상하지 눈은? 어떻게 하늘에서 저런 게 내려오지"를 주제로 하여 성근 눈이 내린다, *아리아.* 바람이 몰아치기 시작하면 거대한 팝콘 기계가 허공에서 돌아가는 듯 눈송이들이 솟구쳐 오르고 지상에서 끝없이 생겨나 허공으로 빨려 들어가는 *토카타.* 믿을 수 없이 느리게 허공을 가득 메우며 떨어지는 함박눈의 춤, *사라방드.* 수천 수만 흰 새들의 길고 찬란한 띠가 신기루처럼 바다 위를 빛과 함께 쓸려 다니는 *코랄.* 어디까지 구름이고 안개이고 눈인지 구별할 수 없는 저 일렁이는 회백색 덩어리, *푸가.* 이처럼 눈은 다른 밀도와 속력으로 많은 형태의 변주를 만들어 낸다. 많은 음악 애호가들이 세상에 음악이 한 곡만 남아야 한다면 가장 명상적이며 본질적인 회귀성을 지닌 바흐의 「골드베르크 변주곡」이라고 한다.

눈은 눈송이가 되어 가는 과정에서 만들어진 공간으로 가

넓고, 주변의 소리를 흡수해 고요하다. 또 여러 방향으로 빛을 반사해 어떤 색도 지니지 않고 희다. 인도유럽어에서 흰색은 '텅 빔, 검음'과 같은 어원이라 한다. 세상의 소음과 먼지를 고요하고 희게 한다. 소설에서 경하는 제주4·3 희생자의 얼굴에서 녹지 않은 눈이 다시 자신에게 올 수 있다고 생각하고, 지금 내리는 눈이 오래전 먼 곳에서 내렸던 눈송이들이 구름 속에서 다시 응결하여 지금 내게 떨어지는 것이 아닐까, 생각한다. 물리학에서 물질을 구성하는 최소 단위인 원자는 영원불멸하다. 어떤 것의 원자는 해체되어 떠돌다 무언가로 다시 태어난다. 나무가 되고 사람이 되고 다시 눈이 되어 내리고. 명상의 목적이 고요함, 평정이라면 눈은 충분히 명상적이고, 과거와 지금 내리는 눈이 돌고 돈다면 눈은 충분히 본질적인 회귀성을 갖고 있다.

작가는 작품 『흰』에서 눈에 대해 "대체 무엇일까. 이 차갑고 적대적인 것은? 동시에 연약한 것, 사라지는 것, 압도적으로 아름다운 이것은?"이라고 말한다. 질량은 있지만 한없이 가볍고, 곁에 있는 결정들과 결합하여 더욱 커지고, 환경에 따라 다른 형태와 속성을 갖는 눈은 사람이 아닐까. 이 소설 첫 문장 "성근 눈이 내린다"는 내게 사람이 살고 있다는 뜻으로 느껴진다. 폭풍 속에서 길을 잃고, 상처받고, 무겁게 짓눌리고, 고요 속에 숨고, 빛과 결합하여 찬란해지고, 죽은 자와 산 자가 연결되고, 결속하고 결합하여 위로하고 포근해지기도 하는 사람들 말이다. 소설 속에서 눈은 경하와 인선을 연결하고, 고통스럽지만 경하가 가야 하는 제주4·3으로 가는 길을 내어준다.

고통

이 소설은 고통에 대한 이야기다. 고통은 심리적, 육체적으로 기존의 안정과 평화가 깨어졌을 때 드러나는 감각이다. 소설 안의 인물들은 모두 고통을 가지고 있다. 경하는 작가로서의 고통과 새를 구하러 가는 과정에서의 고통을, 인선의 어머니 정심은 자신과 언니만 살아남고 동생의 죽음과 오빠의 시체를 찾지 못한 고통을, 인선의 아버지는 살아남은 자의 고통을 가지고 있다. 그러나 고통은 통증과 두려움으로 남을 수도 있지만 단계를 거치며 나아가기도 한다. 식물의 단맛이 고통의 결과이고, 빛나는 진주가 고통의 결과이듯이. 소설 안의 인물들은 모두 고통을 가지고 있고 각자의 단계를 거친다.

고통의 단계를 극단적 상징으로 보여 주는 것은 인선의 고통이다. 인선의 손가락은 절단의 고통, 봉합수술의 고통, 온존하기 위한 고통의 단계를 거친다. 피가 통하고 신경을 잇기 위해 3분마다 바늘로 찌르는 고통을 감내해야만 비로소 제 기능을 하는 손가락이 되는 것이다. 절단과 봉합은 내 의지 밖이지만 바늘을 찌르는 고통을 바르르 떨면서 온전히 받아들이고 견디어 내야 한다. 인선은 어린 시절 제주4·3을 겪은 가족의 고통 속에서 견디기 힘들어 작고 여린 어머니를 미워하고 가출하지만, 그 후 베트남에 있는 성폭력 생존자와 1940년대 만주에서 독립군으로 활동한 할머니의 일상을 담은 영화를 만들며 고통에 가까이 간다. 그리고 몽골에서 귀국하는 비행기에서 본 제주4·3사건의 유골 사진—구부린 자세, 발뼈에 고무신이 신겨 있는 걸 보아 묻힐 때 숨이 붙어 있었을 거라고 생각되는—을 본 후 고통에 직면한다. 그 후 자신을 인터뷰한 제주4·3 영상을 제작한다. 영상에 대한 반응은 당혹과 호기심과 냉담함이었다. 사람들은 멀리 있는 고통은 쉬이 수용하지만 우리 안의 고통에 대해선 인색하다. 아니 그 고통이 내게 전염될까 봐 두려워 외면한다. 인선은 어머니와 함께 살았던, 한때 떠났던 제주의 집으로 돌아왔고, 사진 속 유골의 자세를 취하면 몸에 온기가 돌았다. 작고 여린 새를 돌보고, 목공 일을 하며 어머니가 남긴 제주4·3

에 파묻혀 산다. 경하가 그만두자 했음에도 꿈 프로젝트 「작별하지 않는다」를 위해 나무를 마련하고 먹칠을 하며 고통을 통과하며 나아간다. 경하에게 새를 구해 달라는 인선의 무리한 요구는 다시는 작고 여린 '너'의 죽음을 방치하지 않겠다는 단호함을 보여 준 것일 터이다.

인선의 어머니 정심 또한 고통의 단계를 통과한다. 피 흘리며 죽은 여동생에게 손가락을 잘라 피를 내어 먹이고, 오빠가 살았을 거라는 희망으로 대구로, 경산으로 찾아다닌다. 누구보다 먼저 후원하고 찾아다녔지만 오빠가 죽었을 것으로 추정되는 경산 갱도를 다녀온 후 의심과 신중함, 무미한 따스함 섞인 두 눈으로 산다. 제주4·3은 보호해 줄 경찰이, 군인이, 국가가 나와 가족을 해치는 배반의 고통으로 깊은 트라우마를 남긴다. 정심은 "한쪽 눈으로는 인선과 눈을 맞추고, 다른 쪽 눈으로는 벽에 드리워진 자신의 그림자를 보고 있었을"(112쪽) 앵무새 아마처럼 초점을 가지고 선명하게 살지 못한다. 치매에 걸린 후에야 맘속의 이야기를 하루 종일 말한다. 삶과 죽음의 경계를 살며 골수에 사무치는 고통을 통과해 나간다. 죽어 가는 동생에게 손가락을 잘라서 피를 흘려주던 그 손으로 인선의 뺨과 등을 쓰다듬는 장면에 가슴이 먹먹했다. 바다의 윤슬처럼 눈부신 사랑. 그래서 작가는 이 소설을 '지극한 사랑'이라고 했구나 싶었다.

결합

소설 속에서 가장 기억에 남는 인상 중 하나는 P읍의 버스 정류장에서 경하가 본 할머니의 모습, 내 기억에는 작가가 처음으로 '작별'이란 단어를 사용한 부분이다. 쏟아지는 눈을 그대로 맞으며, 주변의 모든 소리를 빨아들이는 듯 고요하게 미동도 없이 서 있다가 버스의 기척을 감지하고서야 움직이는 할머니. 제주 말로 '속솜허라(가만히 있으라)'가 몸에 배어서일까. 할머니와 헤어지고 나서 경하는 잠시 나란히 서 있었을 뿐인데 왜 작별하는 것처럼 마음이 흔들리는지 의문을 갖는다. 경하가 말한 영암 월출산의 전설이 떠올랐다. 착한 일을 해 마을에서 유일하게 살아남은 여인이 절대로 뒤돌아보지 말라는 경고를 무시하여 돌이 되었다는 동서양 인간 사회 공통의 딜레마. 작가는 '너는?' 하고 묻는다. 뒤를 돌아보지 않고 살아남거나, 뒤돌아보고 돌이 되거나, 둘 중 무엇을 선택할지를. 경하는 뒤돌아본다. 나란히 서 있었을 뿐인데도 작별하는 것처럼 마음이 쓰인다. 눈 속에서 무사히 귀가하였기를 바랐을 것이다. 인선 또한 전설 속의 여인이 돌이 되었다고 했지 죽은 것이 아니고, 건지고 싶은 사람이 있었으니 돌아본 거라고 해석한다. 연민이다.

연민은 다른 이의 고통과 내 고통의 결합이다. 새를 구하러 가라고 명령하듯 말하는 인선과, 고통을 감내할 만큼 사랑한 적도 없는 새를 묻지도 않고 구하러 가는 경하는 같은 고통을 겪은 자들끼리 보여 주는 깊은 연대의 결합체이다. 경하는 눈보라 속의 극한 고통에서 이대로 잠들었으면 좋겠다고 생각하다가 "하지만 새가 있어"(138쪽) 하고 말한다. 작고 여린 생명을 살려야 한다고. 경하보다 먼저 인선이 경하의 고통을 껴안았다. 경하가 5·18 광주민주화운동을 다룬 이전 작품을 쓴 후 살아 있는 누구도 곁에 남아 있지 않은 것 같다고 했을 때 인선은 "내가 있잖아"(238쪽)라고 말했다.

작가는 "과거가 현재를 도울 수 있는가? 죽은 자가 산자를 구할 수 있는가?"라는 질문을 한다. 경하는 오래된 먼 곳에 내렸던 눈송이가, 제주4·3 당시 죽은 이들 얼굴에 쌓인 피어린 살얼음들이, 지금 내 몸에 떨어지는 눈이 같은 것 거라고 생각한다. 인선은 제주4·3 기록물을 복기하며 단념만이 멈춰 줄 엄마의 통증과 절멸을 위해 죽은 이들의 슬픔을 수용하고 두려움을 넘어 기꺼이 작별하지 않는 애도 작업을 할 수 있게 된다. 인선이 건넨 촛불 속에서 과거와 현재가 이어지고. 너와 내가 결합하고, 제주4·3과 광주5·18의 고통이 결합해 간다. 소설은 제주4·3과 보도연맹 사건이 너의 고통이 아니라 우리 모두의 고통이어야 한다고 말하고 있다.

우리의 현재가 과거가 될 때

현민종*

    한강 작가는 27세가 되던 1996년에 제주에서 처음 살아보고 체험한 3개월의 경험으로부터 20여 년 축적된 삶의 과정을 거쳐 거의 50세가 돼서야 이 소설을 완성했다. 소설 『작별하지 않는다』는 특별한 사건, 사람, 공동체의 기억과 관계를 끊지 않는다는 선언이다.

    나의 경우 특별한 사람들은 친할아버지, 큰아버지, 작은아버지, 고모 두 분, 그리고 외할아버지, 외작은할아버지, 외가의 외할아버지 등인데 모두 제주4·3의 희생자이다. 이들과 직접 만난 적은 없지만 관계는 계속되어 지금은 손주 조카들이 모여 명예 회복을 위해 노력하고 있다. 이분들은 제주4·3항쟁이 내 존재의 역사이고 대한민국의 역사이고 세계의 역

* 제주4·3 희생자 유족으로, 서울에서 태어나고 자랐다. 2020년부터 제주4·3 활동가로 함께하고 있으며, 현재 제주4·3범국민위원회 이사로 일하고 있다.

사임을 피부 깊이 알게 해 주었다.

나는 2020년 11월에야 '재경제주4·3희생자유족청년회' 사람들을 처음 만났다. 그전까지는 어른들이 쉬쉬했기에 나는 4·3 유족이라는 것도 아버지의 알코올 중독 원인도 모르고 지냈다. 지금은 '4·3문학회', '제주4·3범국민위원회' 등 공동체와 관계를 확장하며 4·3의 길을 가고 있는데, 이 길은 영원히 지속되어야 한다고 생각하고 있다.

"성근 눈이 내리고 있었다"로 시작되는 이 소설의 첫 문장을 생각해 본다. 소설의 1부 「새」의 첫 이야기는 「결정結晶」이다. 결정은 물질적 의미로 응축되어 굳어진 형태이다. 동시에 어떤 중요한 선택이나 확정을 의미한다. 소설에서는 경하의 꿈이 하나의 결정으로 인선과의 프로젝트와 연결되고 있다.

인선은 제주도 집에서 목공 작업을 하다가 손가락 2개의 마디가 절단되어 서울 병원으로 후송된다. 봉합수술한 날에 인선은 경하를 불러 제주도 집에 가 며칠간 굶고 있는 앵무새 아마를 구해 달라고 부탁한다. 인선은 손가락 절단 봉합수술 후 1~2일은 주사기로 3분마다 약물(혈관확장제, 항응고제)을 주입해야 했다. 한 시간에 20번씩이면 하루 480번을 주사해야 한다. 실은 연결과 엮임을 상징하는데, 인선의 손가락 절단과 연결 지어 보면 끊어진 손마디가 봉합수술로 이어지고 미세혈관으로 연결된다. 그 고통을 인선은 이겨 내야만 한다. 이 시작이 현재 우리의, 나의 4·3의 아픔과 고통과도 연결된다고 생각한다.

경하는 인선이 집에 도착하기까지 폭설로 길이 막히고 앞이 보이지 않는 험난한 노정을 거쳤고 도착한 후에는 아마의 죽음과 맞닥뜨리게 된다. 여기서 폭설은 단순한 자연 현상이지만 어떤 감정, 사건이 갑자기 덮쳐오는 것을 말하는 듯하다. 새를 살리는 일은 생명에 대한 사랑이다. 구해야 하고 구하고 싶은, 그걸 위해 뭐든 걸고 싶은 사랑이다. 경하는 제주 4·3 희생자의 유족이 아닌 그냥 육지 사람이다. 그냥 대한민국 국민이다.

인선이 키우는 앵무새 아미와 아마에 대한 의미심장한 이야기, "두 개의 시야로 살아간다는 건, 어떤 건지 나는 알고 싶었다. 저 엇박자 돌림노래 같은 것, 꿈꾸는 동시에 생시에 사는 것 같은 걸까"(114쪽)라는 대목을 읽으며 4·3 연좌제를 겪으며 살았던 아버지의 삶이 떠올랐다. 생전에 자식들에게도 털어놓지 못한 사연을 가슴에 묻고 돌아가신 아버지도 평생 두 개의 눈으로 살았을 것만 같았다.

"새들이 어떻게 살고 죽는지 남은 빛이 사라질 때 목숨도 함께 끊어지는지. 전류 같은 생명이 새벽까지 남아 흐르기는 하는지"(135쪽)라는 대목에선 "끊어질 듯 말 듯 손가락 끝으로 흘러드는 전류가 있다"(138쪽)라는 부분과 겹치며 인선의 손가락 마디 미세혈관 봉합수술에 위태롭게 흐르는 혈관으로 보였다.

제주4·3과 비슷한 시기에 학살은 세계 곳곳에서 자행되었다. 공통점은 고립된 섬에서 일어났으며, 제2차 세계대전 이후 미국이 세계 질서의 패권 국가로 등장하면서 벌어진 일이었다는 사실도 밝혀지고 있다. 이러한 정황들이 제주4·3을 대한민국의 역사만으로 가둘 수 없는 이유이게 한다.

> 삼만 명이었어요. (…) 대만에서도 삼만 명, 오키나와에서도 이십만 명이 살해되었는데요. (…) 그 숫자들을 생각할 때가 있어요. 그곳들이 모두 고립된 섬이었다는 것에 대해서도.(136-137쪽)

2부 「밤」은 바다 아래로 내려간다. 수직이다. 검은 바다 아래는 표면 아래 숨겨진 것들, 묻힌 기억이나 잊히지 않는 기억들이 상처로 존재한다. 어둠 속에서 기억과 상처를 마주한다는 것은 존재하는 것들이 사라진 사람들의 흔적이나 기억을 의미한다. 인선은 경하에게 "구덩이 가장자리에 있던 유골 한 구가 이상하게 눈에 들어왔어"(211쪽)라며 경하에게 그 당시의 역사적 사실과 증언 기록물을 보여 준다. 인선의 어머니는 1935년생, 인선의 아버지는 1929년생으로 제주4·3 당시 열세 살, 열아홉 살이었다. 그 나이에 보았던 것들이 침묵으로 봉쇄되어 있었다는 것을 알게 된 인선은 경하가 포기한 프로젝트를 혼자 이어 가고 있었고 그 작업 중에 손가락 절단 사고가 일어났던 것이다.

눈을 뜨자 여전한 정적과 어둠이 기다리고 있다.

보이지 않는 눈송이들이 우리 사이에 떠 있는 것 같다. 결속한 가지들 사이로 우리가 삼킨 말들이 밀봉되고 있는 것 같다.(243쪽)

정적은 침묵과 공허이고 폭력에서 살아남은 자들이 느끼는 고독과 슬픔이다. 정심은 육지 형무소에 수감된 오빠를 10여 년 찾아 헤매지만 찾지 못했다. 소설 『작별하지 않는다』는 그래도 죽은 자들과의 관계는 사라지지 않으며, 전쟁과 폭력의 기억 역시 지워지지 않는다고 말하는 것 같다. 마지막 3부 「불꽃」에서는 사라지지 않는 기억과 사람들이 지금도 지속해서 연결됨을 이야기하고 있다. 불꽃은 활활 타오르지만 결국 꺼지는 존재다. 그러나 불꽃은 다른 곳에서 다른 불꽃으로 피어날 수 있다. 기억과 감정은 계속해서 이어진다.

다시 환부에 바늘이 꽂히는 곳에서, 피와 전류가 함께 흐르는 곳에서.

숨을 들이마시고 나는 성냥을 그었다. 불붙지 않았다. 한 번 더 내리치자 성냥개비가 꺾였다. 부러진 데를 더듬어 쥐고 다시 긋자 불꽃이 솟았다. 심장처럼. 고동치는 꽃봉오리처럼. 세상에서 가장 작은 새가 날개를 퍼덕인 것처럼.(325쪽)

눈은 차갑고 가볍고 연하고 부드럽다. 새는 작고 연약하고, 생명이고 영혼이고 사랑이다. 밤은 죽음이고 바다 밑과 같이 어둡다. 불꽃은 사랑이다. 꺼질 것 같이 가녀리지만 과거와 현재를 이어 가는 사랑이다. 신이 있어야 할 자리에 신의 공백 위로 인간의 유한성을 환기하며 작가는 묻고 있다. "과거가 현재를 도울 수 있는가? 죽은 자가 산 자를 구할 수 있는가?"라고. 과거가 현재를 도왔으면 우리의 현재가 과거가 될 때 우리는 지금 무엇을 남겨야 하는가? 이 소설은 내게 그런 질문을 던지고 있다.

아픈 역사를 직시하는 한강의 사랑법

양영심*

눈[雪]

인선의 엄마는 "눈만 오민 내가, 그 생각이 남져. 생각을
안 하젠 해도 자꾸만 생각이 남서"(95쪽)라고 했다. 수많은 시
신의 뺨에 쌓인 눈들을 쓸어내리며, 피붙이를 찾아 헤매던
장면을 떠올렸던 것이다. 인선 또한 눈이 내리는 날이면 그
렇게 말씀하시던 엄마를 떠올린다. 인선과 그의 엄마에게 눈
은 제주4·3의 비극을 불러오는 것이었다.

눈송이, 눈의 결정, 눈보라, 외진 중산간 마을의 눈밭 풍경
들. 중산간 마을에 눈이 쌓이면 온 천지가 평화로워 보인다.
쌓인 눈 아래 죽어 있는 풀들, 그 풀들이 썩어 들어간 흙. 그

---

* 제주시 한림리에서 태어나고 자랐다. 광화문에서 열린 제주4·3 70주년 추모제에 참가하며
제주4·3과 깊은 인연을 맺게 되었다.

리고 그 흙 속에서 다시금 움이 돋고 싹을 틔우며 봄을 기다
린다. 어쩌면 그것은 지워지지 않는 역사를 비유한 게 아닐
까? 아무리 숨기려 해도 언젠가는 밝혀질 그날의 진실. 그냥
덮고 갈 수 없는 일이라며 제주4·3의 영혼들이 절규하는 소
리를 형상화하기 위해 눈이 이야기되고 있는 게 아닐까?

서술자인 경하는 편두통을 동반하는 위경련에 시달린다.
경하는 눈이 많이 쌓인 저녁 무렵 인선네 집을 찾아간다. 눈
보라가 휘몰아치는 가운데 예전의 어렴풋한 기억을 따라 걷
다가 눈 쌓인 고랑창(골짜기)에 추락하기도 한다. 방전 위기
에 놓인 핸드폰마저 잃어버린다. 자신의 새도 아닌 앵무새
아마를 살리겠다고 나선 길이었다. 그는 왜 그런 악조건을
무릅쓰고 인선네 집을 향했던 것일까?

이 섬뿐 아니라 오래전 먼 곳에서 내렸던 눈송이들도 저
구름 속에서 다시 응결할 수 있지 않나. 다섯 살의 내가 K시
에서 첫눈을 향해 손을 내밀고 서른 살의 내가 서울의 천변
을 자전거로 달리며 소낙비에 젖었을 때, 칠십 년 전 이 섬의
학교 운동장에서 수백 명의 아이들과 여자들과 노인들의 얼
굴이 눈에 덮여 알아볼 수 없게 되었을 때 (…) 그 물방울들과
부스러지는 결정들과 피 어린 살얼음들이 같은 것이 아니었

다는 법이, 지금 내 몸에 떨어지는 눈이 그것들이 아니란 법
이 없다.(135-136쪽)

　먼 곳에서 내렸던 눈송이가 구름 속에서 응결된다. 살육이
벌어지던 날 얼굴에 쌓였던 눈이 오늘 내리는 눈과 다르지
않을 수 있다. 가해자와 피해자가 어디선가 결국 다시 이어
지고 닿는 관계, 인드라망因陀羅網의 세계다. 그 살상이 결국 내
가족을 해치거나 어쩌면 나 자신을 죽이는 일인지도 모른다.
작가는 폭력과 살상으로 뒤엉킨 세계를 표현하고 싶었던 것
일 게다.

애도(哀悼)

　어둡고 인적 없는 외딴집. 경하는 죽은 새를 묻어 주기 위
해 최상의 형겊을 동원하여 정성으로 염한다. 쌓인 눈을 치
우고 나무 아래 언 땅을 파내어 새를 묻는다. 아마의 장례는
지나치리만치 엄숙하고 기괴할 정도다. 미물이라 할지라도
그 죽음이 쓰레기 버려지듯 함부로 취급되어서는 안 된다는
메시지.
　예전에 사람들은 자기 집 안에서 임종하기를 바랐다. 집
밖에서 죽은 시신은 집 안으로 들이지도 않았다. 임종하는

순간 가족이나 가까운 이가 함께 있어 주는 것을 축복이라 여겼다. 사람들은 망자를 깨끗이 염하고, 망자의 손톱 발톱도 깎아 주머니에 넣고, 정갈하게 지어진 수의를 망자에게 입혔다. 수의는 장례 기간에만 입는 것인데도 가장 좋은 옷감으로 지어졌다. 화장하는 경우 사나흘 후에 불태워질지라도 잘 다듬어진 나무관으로 망자를 모셨다. 생명이 끝난 자에 대해 최선의 예로써 작별하고 하직 인사를 했던 것이다.

제주4·3이라는 참혹했던 기억. 그것은 살아남은 자들에게 애도의 의례를 요구한다. 인선이 행하는 다큐멘터리 작업은 애도를 위한 것이었다. 인선은 베트남의 여성 피해자와 일제 강점기 만주에서 활동한 여성 독립 운동가의 기록을 작품으로 만든다. 엄마가 돌아가시고 새롭게 발견된 여러 기록과 자료들을 바탕으로 다큐멘터리 작품을 기획한다. 제목은 소설의 제목과 같은 '작별하지 않는다'였다. 세 여성의 과거는 다큐 '삼면화'라는 이름으로 만들어질 것이었다. 다시는 그런 참극이 일어나지 않기를 기원하는 애도의 의례를 소설 『작별하지 않는다』는 그려냈다.

고통 그리고 사랑

"얼마나 아프면 죽었겠나?" 오래전 친정어머니가 어떤 죽음 앞에서 하셨던 탄식의 말씀이다. 그 후부터 누군가의 부음을 들으면 이별의 슬픔에 앞서 어떤 통증을 먼저 느끼곤 한다. '죽을 만큼 아팠겠구나'라고 생각하면서.

작가의 통증에 관한 이야기는 해원되지 않은 학살 피해자와 유족들의 아픔을 호소하는 것이다. 인선의 다친 손가락 신경을 살려 내는 방법으로 취하는 치료법은 살아남은 자들의 고통을 은유한다. 신경을 살리기 위해 잘린 손가락을 3분마다 바늘로 찔러 줘야 하는 치료법. 3주 동안 그 통증을 감수할 것인가, 아니면 평생 시도 때도 없이 찾아드는 고통에 시달리게 둘 것인가? 나도 몰래 진저리를 쳤다. 글을 읽어 나가며 나는 지속적으로 통증을 느꼈다. 그가 유족이든 아니든 육체의 아픔과 마음의 아픔은 다른 게 아닐 것이다. 육체의 아픔은 치료와 함께 끝이 나겠지만, 마음의 아픔은 죽을 때까지 지속된다. 인선의 엄마가 매일 밤 머리맡에 실톱을 두고 잠을 청한 것은 떨어내지 못하는 마음의 아픔에서 벗어나고자 하는 몸부림이었으리라.

어느 해 폭풍우가 지나간 이튿날 인선과 엄마는 물 구경을 간다. 바위나 큰 돌덩이들이 깔려 있고, 평상시 말라 있는 제주도의 내창(마른 시내)은 일시적인 홍수가 터져 흙탕물이 우르르 쾅쾅 소리를 지르며 곤두박질친다. 내창 건너편에는 제주4·3 때 폐촌이 된 인선의 아버지 고향 마을이 있었다. 인선의 엄마는 물 구경을 핑계 삼아 남편의 사랑과 회한을 딸과 함께 느껴 보고 싶었을 게다. 그녀는 귀하고 사랑스러운 인선을 가만히 바라보거나 머리를 쓰다듬는다. 그때 인선은 "뻐근한 사랑이 살갗을 타고 스며들었던 걸 기억해, 골수에 사무치고 심장이 오그라드는……그때 알았어. 사랑이 얼마나 무서운 고통인지"(311쪽) 느낀다. 삶과 죽음이 쉽게 결판나던 역사가 일시적으로 터지는 내창을 통해 가슴 아프게 다가섰으리라.

인선의 아버지는 세천리 해변에서 일어난 학살 장면을 목격한 민보단 아내의 증언을 들으러 간다. 어린 막내 여동생 시신이 밀물에 밀려오지 않았을까 하는 기대감은 비현실적이기에 더욱 가슴이 저미게 만들었다. 이 대목도 사랑이 곧 고통임을 확인하게 되는 장면이다.

또 다른 처절한 사랑의 모습을 보여 주는 것이 있다. 사태 중에 죽임을 면한 사람들이 육지 수용소로 실려 간다. 배가 목포항에 닿았을 즈음, 여인의 울부짖는 소리가 들린다. 배

안에서 죽은 아기를 젖은 부두에 두고 가라는 경찰의 명령에 저항하는 어머니의 애를 끊는 울음이었다.

> 내가 그 말 못할 고문 당한 것보다 …… 억울한 징역 산 것 보다 그 여자 목소리가 가끔 생각납니다. 그때 줄 맞춰 걷던 천 명 넘는 사람들이 모두 그 강보를 돌아보던 것도.(267쪽)

읽다가 나도 몰래 신음이 터져 나왔다. 명치끝이 아리고 목이 멨다. 칼날 위를 기어가는 민달팽이 아픔도 이럴까? 그런 슬픈 일이 너무 많은 사람의 가슴을 아프게 했다.

사랑이란 단어가 천지에 흔해진 오늘날 한강은 진정한 사랑의 의미를 깨우치게 한다. 사랑은 혈육이거나 아니거나 심장을 가진 모든 이에게 잠재되어 있는 본성이다. 인선이 사춘기를 거치면서 느낀 엄마에 대한 반항도 실은 벗어나지 못할 혈육의 사랑임은 말할 것도 없다.

인선은 치매와 노환으로 쇠잔해진 엄마가 평생 품었던 숙제에 관심을 기울인다. 그것은 외삼촌의 생사와 억울한 죽임을 당한 이들에 대해 예의를 갖춰 애도하지 못한 한恨을 풀어보는 일이었다. 엄마가 돌아가신 후, 인선은 아버지의 집터를 찾아내고 세천리에 대한 자료를 찾기 시작한다. 본격적인 제주4·3에 대한 탐구였다. 인선은 엄혹했던 1960년 당시 엄마가 제주도와 대구, 경산을 오가며 모은 전단지, 회보와 구독한 신문 등을 들춰낸다. 그리하여 제주4·3 이후 벌어진 살아남은 자들이 행한 역사적 진실 찾기의 노력이 드러난다.

노벨 문학상 수상 소감에서 작가는 이 작품이 "지극한 사랑에 대한 소설이기를 바란다"라고 했다. 그 사랑은 어떤 것일까? 사람이 죽은 후에도 지속되는 '관계의 힘'이 아닐까. 인선 엄마는 가족의 시신이나마 찾으려고, 생사를 알아내려고 헤매었다. 그 일에 온 생을 바쳤다. 그 모습은 가없는 사랑으로 이어진 가족, 아니 온 세상이 인드라망으로 이어진 인연을 떠올리게 한다. 내가 기르지 않았더라도 나와 관계없는 새가 아니요, 내 가족이 아니더라도 죽은 사람들이 나와 관계없다고 할 수 없음을 이야기하려 했던 게 아닐까.

역사 앞에서

2021년 제주도 여행 중에 관덕정 앞 서점에서 이 소설을 집어들었다. 한강은 제주4·3을 어떻게 썼을까, 궁금했다. 집으로 오는 공항과 비행기 안, 지하철에서 읽었다. 그러니까 훑듯이 대충 읽었다는 말이기도 하다. 두 번째는 독서 모임에서 토론 주제로 정했기에 읽었다. 조금 더 꼼꼼하게 읽었다. 참석자들의 관점이 다양하고 해석이 서로 달랐다. 한강이 노벨상 수상 작가로 발표된 후, 이 책을 예사롭게 읽을 수 없었다. 번역 작품이 아니라 원어로 읽는 노벨상 작품이 아니겠는가. 독후감을 쓰려다 보니 여러 차례 읽었다.

『작별하지 않는다』를 "지극한 사랑"으로 썼다고 하는 작가의 수상 소감을 되새기며 천천히 읽었다. 게다가 시적 은유로 이어지는 글인지라 읽기가 쉽지 않았다. 곱씹어 뜻을 헤아려 보거나 되돌아 읽기를 반복해야 했다. 꿈이거나 환상적인 장치로 풀어내는 서사는 어둡고 아픈 과거를 딱딱한 역사 서술과 달리 문학적 읽기를 요구했다. 어느 틈에 문학적 서사에 스며든 역사가 조용히 나의 의식 안으로 스며드는 듯했다.

제주4·3의 희생자들은 고통을 안으로 감추고 긴 세월을 견뎌내며 살아왔다. 같은 역사적 사실 앞에서 어떤 사람들은 잊을 만한 세월이라 여겼고, 그래서 듣기에 불편해한다. 역사를 몰라도 일신의 행복을 누리며 잘살고 있다고 말할 수도 있는 것이었다.

2003년 제주4·3특별법이 제정되었다. 그동안 대부분의 사람들은 국가폭력에 의한 민간인 희생자에 초점을 맞춰 제주4·3의 역사적 정명을 찾으려 하였다. 무장대에 의해 희생된 사람들 가족은 '유가족'이라는 이름으로 떳떳하게 국가의 보상과 보호를 받아 왔기 때문이다. 그러나 토벌대에 의한 희생자 못지않게 무장대에 의한 희생자도 모두 국가 권력의 희생자들이다. 당시는 미군정 치하였다. 미국의 사과가 이루어진다면 반공을 무기로 삼는 극우 세력의 관점도 달라지지 않을까 기대해 본다.

소통이 될 듯한 사람들에게 가끔 제주4·3을 아느냐 묻곤 한다. 대부분은 들은 적 있지만……, 하고 끝낸다. 제주 사람들에게는 이제 더 이상 듣고 싶지 않은 지겨운 레퍼토리쯤으로 생각하는 사람들이 많다. 마치 잊지 않는 사람들이 이상한 사람이라고 여기는 듯.

노년에 이르러 나는 왜 제주4·3에 대하여, 세계 다른 나라의 국가폭력에 대하여 조금이라도 더 알고자 하는가? 동서 고금을 막론하고 세상의 많은 곳에서 부당한 억압과 학살이 이어져 왔다. 인류 역사가 칼자루를 쥔 강자만이 살아남는다는 것을 진리처럼 여겨져 온 까닭이다. 강대국들의 틈바구니에서도 우리나라는 면면히 독립국으로 이어져 오늘에 이르렀다. 그럼에도 이념과 무관하게 살아온 수많은 양민이 희생되고, 수많은 지식인이 죽임을 당했다. 설령 사회주의자라 할지라도 그들의 행위는 독립된 우리나라, 우리 민족의 평등하고 안녕한 삶을 위한 저항이지 않았을까. 역사를 바로 알아야 한다. 역사를 제대로 알기 위해서는 용기가 필요하고, 역사적 진실이 밝혀져야 진정한 용서와 치유가 가능하리라.

한강의 노벨 문학상 수상은 세계적 반향을 불러일으켰다. 50여 개 언어로 번역이 되었다고 전해진다. 김구 선생이 예견했던 '문화 강국'이 상기되었다. 『작별하지 않는다』는 프랑스 메디치상도 수상했다. 제주4·3이 광주항쟁과 더불어 국가폭력의 참상을 세계에 알리는 계기가 되었다. 국가폭력이 온당치 못함을 일반인들에게도 인식시킨 효과도 얻었다. 작가의 바람대로 생명과 인간을 귀히 여기는 사랑으로 역사적 아픔을 화해로 이끌어 주는 견인차가 되어 주기를 간절히 바란다. 역사를 잊으면, 역사를 모르면, 아픈 역사가 되풀이되기 때문이다.

3부

역사와 문화의 서사

『작별하지 않는다』가 끄집어낸 국가폭력과 제노사이드

김영준*

제대로 들여다보다

영화나 뮤지컬을 보면 N차 관람객이 등장해야 흥행에 성공한다. K-문화에서 대중의 떠들썩한 정도가 작품의 좋고 나쁨을 결정하는 현상은 참으로 특이하다. 하지만 책은 좀다른 것 같다. N차 회독자는 조용조용 음미하면서 책의 가치를 전유한다. 회독이 거듭될수록 시끄럽지 않게, 은밀하게, 어쩌면 이기적으로 작가가 전달하고자 하는 신호를 혼자 받아들인다. 그래서 N차 회독의 힘은 강하다.

---

* 1968년 제주도 대정읍 신도리 출생이다. 외환은행과 광주은행에서 일했다. 퇴직 후 제주4·3 유족의 소명을 다하고자 북한대학원대학교에서 '제주4·3에 대한 북한의 인식'을 주제로 박사 논문을 쓰는 중이다.

2021년 내게 온『작별하지 않는다』는 아직도 작별을 모른 채 머리와 가슴속에 남아 있다. 처음은 제주4·3 희생자 유족으로서, 그다음은 제주4·3에 대한 북한의 인식을 연구하는 학생으로서 부채 의식을 지닌 채 글을 읽었다. 어느 한 평론가의 말처럼 일독했을 때는 매우 낯익은 애도의 서사로 밍밍하게 다가왔다. 「순이 삼촌」을 시작으로 제주 민중의 수난사 관점에서 제주4·3을 다룬 작품들이 이제는 제법 된다. '한강'이라는 이름의 무게에 비례하여 기대도 컸던지『작별하지 않는다』는 그냥 5·18광주민주화운동을 다룬『소년이 온다』의 이어달리기 연작물로 보였다. 그동안 너무 매운맛에 중독된 탓일까? 두 번 읽을 기운이 좀처럼 솟구치지 않았다.

임시 보관을 위해 서재 책꽂이로 들여보낼 즈음, 한국 현대사에 나타난 낙인과 타자화 과정 연구를 과제로 부여받았다. 무심결에 다시 펼쳐 본 순간 "제대로 들여다볼수록 더 고통스럽다는 걸?"이라는 문구에 시선이 꽂히면서 얼굴이 화끈거렸다. 작가는 작가의 역할이 있고, 이에 못지않게 독자도 독자의 몫이 있는 법이다. 우리는 작가에게 문학적 분투뿐만 아니라 제주4·3의 역사적 진실을 아주 맵고 독하게 써줄 것을 강요하고 있다. 이제는 수난 애도를 넘어 제주 사람들이 품었던 항쟁과 혁명을 생각하라고 비판한다. 더 나아가 소설가더러 정치적 상상력의 나래를 세계 문학의 높은 차원에서 새롭게 펼치라고 응원 아닌 응원을 보내고 있다. 겨우커피 두 잔 값을 지불하고는 마치 채권자인 양 작가에게 너무 많은 것을 바라고 있지는 않은가? 국내외적으로 제주4·3을 공론의 장에 소환시킨 것만으로도 작가는 훌륭하게 제 역할을 다한 셈이다. 노벨 문학상 수상이 이에 대한 화답으로 충분하다. 지금부터는 독자의 시간이다. 책무와 행동만이 남은 것이다.

꼼꼼하게 다시 들여다보니 작가는 나에게 이어달리기 바통을 받으라고 한다. 국가 권력이 저지른 폭력과 제노사이드를 폭로하라고 무언의 압박을 가하고 있다. 수백만 명의 독자 가운데 낙점받은 나는 『작별하지 않는다』가 끄집어낸 국가폭력과 제노사이드를 흥분하지 않으면서 이성적으로 고발한다. 마치 숨은 그림 찾기와 같은 작가의 신호를 쫓아가면서 N차 회독의 의의를 증명하고 싶다.

국가폭력과 제노사이드

상흔문학 측면에서 본다면 『작별하지 않는다』는 분명 제주4·3을 소재로 한 고발 문학이다. 이와 달리 정치적, 역사적 관점에서 이 소설을 평가한다면 국가폭력과 제노사이드에 대한 구술 채록이자 변형된 형태의 보고서라 말할 수 있다. 작품의 문학적 성취와 공과를 따지는 일은 다른 이에게 맡겨 두고자 한다. 이제부터는 정치학도의 사명감을 바탕으로 제주4·3 안에 깊이 박혀 있는 국가폭력과 제노사이드의 참상을『작별하지 않는다』를 빌어 풀어 갈 것이다.

해방 이후 미군정이 시작되고 대한민국 정부가 수립되면서 집단 학살 사건이 연이어 일어났다. 그리고 6·25전쟁을 거치면서 국가폭력에 의한 민간인 희생은 그 유례를 찾기 힘들 정도로 최고조에 달했다. 그중 1946년 대구 10월항쟁부터 1948년 제주4·3 항쟁 및 여수·순천10·19 사건까지는 특정한 지역을 중심으로 발생한 것을 알 수 있다. 그러나 1950년 6월부터 시작된 국민보도연맹원 학살은 전국적 단위에서 자행되었고, 공산주의자라고 낙인찍어 버린 '비국민'을 철저하게 절멸시켰다. 불행히도 제주도는 이 두 개의 제노사이드 광풍을 피하지 못했으며, 그 결과 30,000명이 넘는 희생자들 가운데 대부분은 '미여지벵듸'에 그대로 남겨져 있다.

주인공 인선의 가족은 제주4·3과 6·25전쟁을 온몸으로 겪으면서 국가폭력에 의해 집단 학살당한 희생자들이다. 짧은 시간 동안 어떻게 연속적으로 이런 비극을 맞이하게 되었는지 제노사이드 이론을 통하여 살펴보자. 집단 학살의 단계적 메커니즘을 연구한 외국 학자의 논문을 보면 제노사이드 8단계 또는 제노사이드 5단계를 제시하고 있다. 이런 이론이 해방 정국 우리나라에서 발생한 집단 학살 사건을 모두 설명할 수는 없었다. 그중 일관되게 적용되는 단계적 메커니즘은 4단계 과정을 보여 준다. 먼저 주민을 낙인찍으면서 타자화하는 것이고, 다음으로 내부 집단이 조직화되면서 주민들을 숙청하고 인권을 상실하게 만드는 예비적 학살이 일어난다. 이후 무소불위의 국가 권력이 개입하면서 타자화된 대상을 몰살시키는 전면적 학살이 이어지고, 마지막에는 자신의 행위를 부정하는 정당화 작업이 뒤따른다.

대구 10월항쟁부터 국민보도연맹사건까지 희생자들 상당수가 공산주의 활동과 무관한 평범한 민간인이자 비공산주의자였다. 하지만 학살을 기획하고 명령하고 실행했던 가해자들은 처음부터 끝까지 비국민인 '빨갱이'를 진압한 것이라고 자기합리화했다는 사실에 주목해야 한다. 이승만 정권은 지역 주민들이 '무장 반란군'에 협조했고, 남로당에 가입한 전력이 있기 때문에 마땅히 처벌받은 것뿐이라고 말한다. 그러나 처벌받은 사람들은 그들이 빨갱이였기 때문에 처벌받은 것은 아니었다. 그들은 처벌받은 뒤에 빨갱이가 되었다.

그렇다면 국민보도연맹사건이란 무엇인가? 제주4·3을 광주5·18과 비교하면서 전국화, 연대화, 세계화로 가는 길이 아직도 요원하다고 개탄하고 있다. 그러나 집단 학살의 규모나 지역, 인권 유린의 행태를 볼 때 국민보도연맹사건이 제주4·3보다 덜 알려져 있는 현실이 안타깝다. 제주4·3과 국민보도연맹사건은 분리된 역사가 아니다. 1950년 8월 제주도 모슬포 섯알오름에서 자행된 집단 학살은 국민보도연맹에 가입했거나 4·3항쟁 때 체포되었던 사람들을 대상으로 한 예비 검속의 결과였다. 제주4·3 한가운데 국민보도연맹사건이 숨겨져 있었던 것이다. 인선의 외삼촌 강정훈의 죽음을 이해하려면, 인선의 아버지 학영이 대구형무소를 거쳐 부산형무소에서 15년 동안 영어의 몸으로 살아야 했던 아픔을 이해하려면, 이 사건이 어떻게 벌어졌는지 똑똑히 기억해야 한다.

국민보도연맹사건이란 6·25전쟁이 발발하자 이승만 정권이 1950년 6월 25일부터 9월 중순까지 국민보도연맹에 가입한 맹원들을 조직적이고 체계적으로 집단 학살한 사건을 가리킨다. 집단 학살 과정에서 공산주의 활동과 무관했던 평범한 민간인들이 남로당 핵심 지도부 같은 진짜 공산주의자들보다 더 많이 무차별적으로 학살된 것으로 알려져 있다.

이 사건은 해방 공간에서 정치적 우위를 점유했던 좌익 계열 인물들이 불과 5년도 되지 않은 짧은 시간 내에 몰살당하는 과정을 적나라하게 보여 준다.

6·25전쟁이 시작되자 보도연맹원은 아무런 행동을 하지 않았는데도 이승만 정권에 의해 갑자기 적으로 간주되었다. 동일한 국민이었지만 '국민 밖의 비국민'이라고 낙인찍혀 잠재적 적이자 절멸의 대상이 되고 말았다. '잠재적 우리'와 '잠재적 적' 사이의 거리는 굉장히 짧았다. 그것은 마치 동전의 양면과 같은 우리와 타자였지만, 어디에 위치하느냐에 따라 운명의 차이는 실로 엄청난 것이었다. 정부 수립 초기 대한민국에서 '잠재적 적'으로 타자화되는 순간, 전쟁이라는 비상 상태에서 이들은 더 이상 통합이 아니라 분리와 제거의 대상이 되었다. 정부는 이들이 남한을 배신하고 북한과 손을 잡을 수 있다고 판단했고, 연맹원들을 닥치는 대로 검거하기 시작했다. 끌려온 보도연맹원들은 즉결 처형되거나, 창고 같은 곳에 2~3일 감금당한 후 집단 학살되었다. 형식적이나마 재판을 받고 처형된 경우는 매우 드물었다.

실제 전쟁기 대한민국의 공산주의자 색출과 학살은 광범위했고 철저했다. 사실상 철저한 수준을 넘어 과도한 국가폭력 행사를 통해 억울한 피해자를 무수히 양산한 것이다. 다시 말해 좌익 경력과 무관한 다수의 사람이 6·25전쟁 초기 '빨갱이'라는 비인간화된 정체성의 올가미에 묶여 죽음을 맞이했다. 남한 지역의 공산주의자들과 공산주의자라고 낙인찍힌 사람들은 표현 그대로 인적으로 '절멸'될 수밖에 없었다.

인선 가족의 비극

먼저, 인선의 외가에서 벌어진 국가폭력과 제노사이드를 이렇게 정리할 수 있다. 1948년 8월 15일 대한민국 정부가 수립된 뒤 제주도 사태를 종식하기 위해 대대적인 토벌 작전이 강력하게 실시되었다. 이승만 정권에게 제주도는 남한에서 유일하게 단독 선거를 저지함으로써 가뜩이나 취약한 정권의 정통성에 결정적 타격을 가한 성가신 지역이었다. 정부는 1948년 10월 11일, 제주도에 경비사령부를 설치하고 군 병력을 추가 배치했으며, 사령부를 창설한 지 6일 만인 10월 17일, 해안선으로부터 5㎞ 밖 모든 사람을 폭도로 간주하여 총살하겠다는 포고문을 발표했다. 이 결정은 중산간 마을 주민들에게 거주 자체를 금지하는 명령이나 다름없었다. 인선의 외가 역시 당시 남제주군의 어느 한 중산간 마을에 있었기 때문에 소개령의 대상이었다.

인선의 외가에는 외할아버지, 외할머니와 외삼촌, 그리고 이모 둘이 엄마랑 같이 살고 있었다. 소개령에 해당되지 않는 곳에 있는 당숙네 집으로 가서 신세를 지게 되자, 외할머니는 큰이모와 엄마에게 쌀이랑 감자를 들려 심부름을 보냈다. 불행은 그 후 바로 일어났다. 두 자매가 집으로 돌아오자 100여 구가 넘는 시신들이 국민학교 교문 건너 보리밭에 눈에 덮인 채 쌓여 있었다. 외할아버지와 외할머니 시신은 찾았지만 외삼촌과 막내 이모가 보이지 않았다. 다행히 외삼촌은 젊고 달리기를 잘해 도망갔으나, 여덟 살 막내 이모는 여기저기 총에 맞아 피투성이가 되어 앓는 소리조차 내지 못하고 숨만 헐떡이고 있었다. 끝내 가족 셋을 잃고 말았다.

포고령을 이행할 시간적 여유조차 허락받지 못한 상태에서 집단 학살이 일어났고, 어린이마저 예외 없이 죽음으로 몰고 간 것이다. 단지 산에 있는 무장대를 도울 것이라는 가정만이 학살의 유일한 이유였다. 인선의 외가가 있던 평화로운 중산간 마을은 제주4·3 당시 군·경 토벌대에 의해 불타 없어지거나 소개령 이후 재건되지 않아 '잃어버린 마을'이 됐다. 제주도에는 이런 마을이 137곳이나 있다.

인선의 친가가 입은 피해는 훨씬 더 컸다. 인선의 아버지는 당시 열아홉 살이었다. 부모님과 여동생 셋, 남동생 하나가 있었는데, 아버지는 군경의 의심을 받을 나이의 남자였기 때문에 동굴에 숨어 지냈다. 외가와 마찬가지로 11월 밤, 집으로 몰래 들어가다 군인들이 마을을 불태우는 장면을 목격하게 되었다. 토벌대가 철수한 후 눈에 들어온 모습은 참혹했다. 주민 명부를 대조한 군인들이 집에 없는 남자는 무장대에 들어간 걸로 간주하고 남은 가족을 대살한 것이다. 할아버지는 마을 팽나무 아래에서 집단 학살당한 일곱 중 한 분이었다.

진압군은 소개령에 따라 중산간 마을에서 해변 마을로 스스로 내려온 사람이라도 가족 중 청년이 한 명이라도 사라졌다면 '도피자 가족'이라 하여 총살했다. 주민을 집결시킨 가운데 호적과 대조하며 일일이 도피자 가족을 찾아냈다. 이를 '대살代殺'이라고 불렀다. 살인에 대한 대가로 "살인한 자를 사형에 처함"이 대살의 사전적 의미지만, 주민들은 사라진 가족 대신 죽인다는 의미로 대살을 사용했다.

여기에서 비극은 끝나지 않았다. 외삼촌과 아버지는 집단 학살 현장을 피할 수 있었지만 대대적인 검거로 제주항 근처에 있는 주정 공장으로 붙잡혀 오게 되었다. 외삼촌은 고문 때문에 정신이 온전치 못한 채 구금당한 지 15일 만에 정식 재판 없이 7년 형을 선고받고 목포항으로 보내진 후 결국 대구형무소에 수감되었다. 아버지 또한 외삼촌과 똑같은 경로를 겪고 15년 옥살이를 위해 대구형무소를 거쳐 6·25전쟁이 터지자 중형의 죄수라는 이유로 부산형무소로 이감된다. 외삼촌과 아버지는 짧은 기간 대구형무소에 같이 있게 되었는데, 나중에 연달아 들어오는 제주 출신 수감자들을 통해 제주도의 참상을 듣게 된다.

인선의 엄마와 큰이모는 전쟁이 끝난 후 대구형무소로 외삼촌을 면회하러 갔지만 1950년 7월 9일 진주로 이감되었다는 기록만 있었다. 실종된 오빠 강정훈을 찾기 위해 결혼도 미룬 채 전국을 돌아다녔지만 결국 경북 지역 보도연맹원 검속 당시 경산 코발트 광산에서 함께 집단 학살당한 3,500명 가운데 있을 것이란 추측만 가능할 뿐이었다.

아버지는 만기를 채우고 출감한 후 고향으로 돌아왔지만 빨갱이라는 '조용한 배척' 속에서 버티고 있었다. 외삼촌을 찾기 위해 엄마는 아버지와의 만남을 원했지만 아버지는 주위 이목 때문에 일부러 피해 지내다 알고 있는 사실을 얘기해 주었고, 5년이 더 지난 후에 아버지 나이 마흔하나, 어머니 나이 서른다섯에 결혼했다. 집단 학살로 언니와 둘만 남겨진 어머니 정심은 오빠의 행적을 찾는 일에 수십 년을 바쳤지만 끝내 소원을 이루지 못했다. 큰이모 정숙의 남편은 빨갱이라는 굴레를 피하기 위해 해군에 자원입대하여 전쟁에 참가했다. 당시 상황에서 살길은 민보단으로 들어가든가, 아니면 목숨을 걸고 군인이 되는 길뿐이었다.

온 가족을 잃었지만 슬퍼할 겨를도 없이 15년을 감옥에서 보내야 했던 아버지, 부모와 동생을 한꺼번에 잃고 오빠마저 생사를 알 수 없게 된 채로 언니와 둘만 남겨진 어머니, 이 이야기는 제주4·3의 아픔과 비극을 관통하고 있다. 그리고 아버지와 함께 학살 이후의 시간을 버텨 내며 오빠의 행적을 찾는 일을 포기하지 않았던 어머니 정심의 외로운 싸움은 여전히 끝나지 않은 채 지금도 계속되고 있다.

꼼꼼히 기억하다

제주4·3 항쟁과 국민보도연맹사건은 제노사이드의 단계적 메커니즘에서 볼 때 적으로 규정한 공산주의자에 대하여 낙인찍기와 타자화 작업으로 시작됐다. 대구10월항쟁에도 존재했던 타자화 과정이 정교하게 학습되면서 집단 학살로 이어진 것이다. 해방 직후 공산주의자 또는 폭도로 낙인찍힌 사람들은 매우 빠른 시기에 전쟁이라는 국가적 위기 상황 속에서 '처분'되어야만 했다.

이를 통하여 적대와 폭력이 의무화되고 진일보한 폭력의
일상화를 경험한 '폭력적 국민'이 만들어졌다. 이는 '반공 민
족' 형성이 남긴 가장 뼈아픈 역사적 유산이다. 대한민국 건
설 과정에서 배제된 자, 죽임을 당한 자는 국가 건설의 숭고
한 희생자가 아니었다. 역사는 반복된다. 지금도 타자를 박
멸해야 할 비인간적 존재로 규정하는 순간, 제주4·3과 국민
보도연맹사건은 다른 형태로 나타날 수 있는 것이다. 이것이
바로 해방 정국에서 일어났던 일련의 참극을 꼼꼼하게 살펴
봐야 하는 이유인 것이다. 작가 한강이 『작별하지 않는다』를
통하여 독자에게 내리는 명령이기도 하다. 작가는 이렇게 마
무리하고 있다.

> 그 겨울 삼만 명의 사람들이 이 섬에서 살해되고, 이듬해
> 여름 육지에서 이십만 명이 살해된 건 우연의 연속이 아니
> 야. 이 섬에 사는 삼십만 명을 다 죽여서라도 공산화를 막으
> 라는 미군정의 명령이 있었고, 그걸 실현할 의지와 원한이
> 장전된 이북 출신 극우 청년 단원들이 이 주간의 훈련을 마
> 친 뒤 경찰복과 군복을 입고 섬으로 들어왔고, 해안이 봉쇄
> 되었고, 언론이 통제되었고, 갓난아기의 머리에 총을 겨누는
> 광기가 허락되었고 오히려 포상되었고, 그렇게 죽은 열 살

*미만 아이들이 천오백 명이었고, 그 전례에 피가 마르기 전
에 전쟁이 터졌고, 이 섬에서 했던 그대로 모든 도시와 마을
에서 추려낸 이십만 명이 트럭으로 운반되었고, 수용되고 총
살돼 암매장되었고, 누구도 유해를 수습하는 게 허락되지 않
았어. 전쟁은 끝난 게 아니라 휴전된 것뿐이었으니까. 휴전
선 너머에 여전히 적이 있으니까. 낙인찍힌 유족들도, 입을
떼는 순간 적의 편으로 낙인찍힐 다른 모든 사람들도 침묵했
으니까.*(317쪽)

나는 이렇게 글을 마치고 싶다. 계속 피가 흐르고 통증을
느끼게 하려면 주인공 인선이 한 것처럼 신경이 죽기 전에
삼 분에 한 번씩 봉합된 손가락에 바늘을 찔러야 한다. 우리
가 단지 당장 아프기 때문에 제주도의 비극을 기억하지 않고
고통과 마주하기를 외면한다면 역사의 신경 한 부분은 죽을
수밖에 없다. 그러므로 N차 회독은 계속되어야 한다.

큰심방 한강이 풀어내는 4·3 굿

강법선*

아픈 것을 치유하는 굿

『작별하지 않는다』를 읽는 것은 나에게는 어려운 일이었다. 몽환적 분위기로 시작할 때부터 현실감이 없어지더니, 폭설 내린 눈보라 속의 제주를 배경으로 읽는 일은 숨이 막힐 지경이었다. 읽는 순간마다 꿈속을 얘기하는 것인지 실제 일어나는 일인지를 확인하려고 앞으로 돌아와 확인한 다음 다시 읽어야 했다. 그 분위기에서 생명의 고귀함이 느껴져 죽음이라는 문제가 읽는 내내 아프게 만들었다.

* 문학박사이며, 『월간 난과 생활』 및 『월간 다도』 발행인이다. 원광대학교와 동국대학교에서 강의했다. 1993년에 추사 김정희 기념 휘호 대회에서 문인화 부문 대상을 수상했으며, 국내에서 5회, 국외에서 10회의 개인전을 열었다. 한라미술인협회 회장, 제주국제협의회 이사장을 지냈다. 2003년에 『예술세계』에 시 부문으로 등단했고, 2020년 소설 『난향 바람을 타다』로 서귀포문학상에 당선되었다. 『한국춘란 기르기』, 『난』 등의 저서가 있다.

아프다는 게 무엇인가? '찌잉찌잉' 밀려오는 통증이 느껴지는, 심연의 깊은 곳까지 울리는 감각이다. 내가 살아 있는 생명의 존재를 느끼는 일이다. 상처에서 오는 고통이 전달되는 통증뿐만 아니라 마음에 상처를 입어 영적으로 입은 후유증까지도 느끼는 아픔이다. 육체의 고통은 진통제로 눅일 수야 있지만 마음의 상처나 영적으로 입은 상처는 너무나 깊어 약으로는 잘 듣지 않아 다른 방도를 찾아야 한다.

이런 고통을 집단으로 당했을 때, 사회적인 사태에서 오는 집단적 통증은 어떻게 치유해야 할까? 그 진통을 다 같이 인식하여 나누어 가지려는 의식부터가 치유의 출발점이다. 그 고통에 대한 정확한 상황을 인정하며, 당한 이들을 이해하고, 당한 피해를 위로해 주고, 그들의 입장을 정확히 인식하고, 미안해하며, 보상을 제공하는 동시에 보듬어 주어야 한다. 그렇게 치료해 주려고 하더라도 그 상흔은 시간이 흐른 다음까지도 무의식 세계에 남는다. 개인이거나 사회 전체가 위로하고 역사를 기록하여 세계인과 공유하며 다시 그들에게 위로해야 한다.

더 효과적인 방법은 없을까? 그것은 예술의 힘을 빌리는 것이다. 예술은 사람을 감동하게 한다. 공감하는 아픔을 대중적으로 공개할 때 그 치유의 힘은 사회 구성원들과 함께하기에 그만큼 더 강력하다. 그래서 그림으로, 문학으로, 연극으로, 영화로 예술화한다. 그 외에 또 다른 치유 방법은 없을까?

나는 우리 제주에 내려오는 전통 굿이 치유의 방법으로 뛰어나다고 생각한다. 굿판을 보면서 사람들 속에 살았던 인간이 죽어서 저세상으로 가는 것을 본다. 살아 있을 때 하고 싶었던 일을 하지 못하고 가슴 깊이 맺힌 한을 안고 떠난 고혼의 얘기를 들음으로써 굿의 역할이 시작된다. 굿은 인간으로서 살아 있는 자들이 할 일을 찾게 만든다. 살았을 때 표현하지 못했던 아픔, 그 아픔이 한이 되어 무당의 입으로 전해 주는 정, 그것을 듣는 사람들이 고혼이 된 망자를 위로하고 싶은 동료 인간으로서 고혼의 한을 이해하고 공감한다. 연약한 인간이기에 고혼이 겪었을 삶의 아픔과 진실한 삶의 마감을 느낄 수 있어 나는 굿을 경건하게 구경한다.

산 자들의 삶은 고통의 연속이며, 그 고통은 쌓이기 마련이다. 그게 한이 된다. 그 한을 풀어 주는 사람이 무당이다. 무당은 마음속에 앉은 아픔을 치료해 주는 사람이다. 이 사람을 제주에서는 심방(心房)이라 한다. 심방(心房)은 마음의 방이다. 마음의 방이기에 마음을 거울처럼 맑게 가꾸는 이가 심방이다. 그렇기에 심방은 거울에 비친 타인의 아픔을 읽어 주고 치료해 주는 영靈적 존재다. 그러니 심방이 되려면 영혼이 맑고 영적 교감이 뛰어난 사람이어야 한다. 남의 아픔을 자기 고통으로 받아들이는 선한 영혼을 가져야 한다. 그 착한 마음 탓에 고통스러워하고 무병巫病을 앓게 된다.

무병은 영적인 병이다. 그 병을 고치려 모든 방법을 다하지만 치료하지 못하고 끝내 그것을 받아들여 심방이 되는 것이다. 심방은 공부를 많이 하여야 한다. 영을 맑게 지키어 영혼과 소통하는 마음 공부는 물론 제주 신화부터 마을 어귀에 있던 돌멩이나 나무, 꽃까지 아주 사소한 사건부터 사물까지 사연을 다 기억하고 그들과 같은 공동체의 일원이 되어야 한다. 굿을 하겠다고 하는 주최자보다 더 많은 것을 알고 있어야 판을 벌일 때 굿을 하게 된 근원이 명확히 두드러진다. 조상 때부터의 일을 찾아내어 그 아픔의 근원을 해결해 주어야 하는 일이다.

해결하는 능력이 영험한 심방을 '큰심방'이라 한다. 큰심방이 되려면 큰심방 선배들 앞에서 시험을 쳐 통과해야 한다. 제주의 굿에서는 다른 지역에 없는 '설쇠'라는 방짜로 만들어진 그릇을 엎어 놓고 박자를 맞춘다. 그 외에 징과 북을 같이 쳐서 바탕 음악을 만든다. 무당이 되려면 입문하자마자 그것들을 두드리는 일부터 배운다. 이들을 '소미'라 하고, 시

간이 흐른 다음에 이들은 중심방이 되고, 굿을 많이 익혀 삼
십여 년이 지나면 큰심방이 될 수 있는 자격이 주어진다. 아
무리 배운 것이 많아도 큰심방이 되려면 통과 의식이라 할
시험을 보는데 그게 '큰굿'이다. 그 기간은 최소한 보름 동안
이어진다. 보름 동안에 조금이라도 미흡하면 그날 아침부터
했던 굿을 다음 날 아침부터 다시 시작한다. 그러다 보면 보
름을 넘기기가 예사요, 스무 날이 넘을 수도 있다.

제주의 큰심방들은 모든 아픔을 보고 느끼는 자이다. 그러
니 큰심방은 지혜의 눈을 뜨기 위해 정성을 다한다. 그 정성
은 신이 알아서 감동하게 할 만큼 혹독하다. 큰굿을 치르면
서 하자 없이 잘 해내면 큰심방들이 인정하여 드디어 큰심방
이 된다. 진정한 인간을 이해한 심방은 도가 튼 큰심방이 되
고도 영과 육을 경건하게 유지하고 부정을 타지 않으려 해야
한다. 그렇지 않으면 신기가 떠나게 되기 때문이다.

영혼이 맑은 심방이 우리 제주 사회의 가장 큰 슬픔이자
고통인 제주4·3을 느끼고 아파하는 것은 당연하다. 제주의
심방들은 4·3이라는 말만 들어도 가슴이 미어져 눈물을 쏟
는다. 제주4·3에 관한 이야기들은 제주 사람들은 꺼내지도
못할 만큼 괴로운 것이었다. 사건이 끝나고도 70여 년을 가
슴에 묻고 살아 왔기에 그 묻힌 세월만큼 한이 가슴속에서

자라나 듣는 사람마다 고통과 분노를 자아내게 한다.

'말명'이 되어 시로 태어난 한강의 언어

한강의 『작별하지 않는다』는 감수성이 예민한 작가가 현장 감 있게 독자를 그녀가 느낀 세계에 같이 침잠하게 한다. 그녀는 제주4·3의 얘기를 듣기 전부터 이 소설에 대한 예지몽을 꾸면서 아파했던 작가다. 이 소설을 쓴 한강 작가는 스스로 이 소설은 고통스럽다고 하였다. 왜 고통스럽다고 하였을까?

한강은 제주4·3의 영령들의 한을 함께 느끼고 고통스러워한 것이다. 그렇기에 당연히 그의 독자들도 같이 진통하게 만든다. 제주4·3을 겪은 제주인들만이 아니라 영령들의 아픔을 경험하지 못한 세계의 사람들마저 책을 읽고 그 고통을 아파할 수 있도록 해 준 까닭에 그는 큰심방이다.

아픔이 쌓이면 한이 된다. 한은 죽어서도 풀지 못한다. 심방을 통해 알리고 싶은 사람에게 전하고, 살아 있는 자들이 그 아픔을 알고 같이 공명해 주어야 풀린다. 남아 있는 이승의 사람들이 같이 울어 주며 그를 인정하고 풀어 주어야 망자가 저승으로 갈 수 있다.

굿은 죽은 자를 위한 것이고, 살아 있는 자들로 하여금 죽음을 받아들이게 하는 통과 의식이다. 굿은 심방을 통해 이루어진다. 심방은 무악에 맞춰 춤을 추고 무구를 흔들고 정성을 다한다. 그렇게 정성을 다하며 한을 풀어 가는 과정이 심방의 입을 통해 나온다. 심방의 입을 통해 나오는 얘기는, 말이 아니라 신의 언어다. 신의 언어에는 운율이 있다. 운율이 있기에 보통 사람들의 언어와 다르다. 언어에 은유가 있고 운율이 있는 것을 시詩라 한다. 심방의 뱉는 운율이 있는 언어를 '말명'이라 한다. 말명은 제주 심방만이 갖는 시이자 신의 언어다.

심방은 말명이라는 형식의 시를 부르는 가수이자 춤으로 위안을 주는 무희다. 한강의 『작별하지 않는다』는 운율이 있는 글이다. 신의 언어는 말명으로 한다. 그녀가 노래하는 것을 본 적이 있다. 비록 TV 화면이었지만 그녀의 눈빛은 초점이 흐리고 목소리는 영적으로 마음을 울리고 있었다. 크지 않은 목소리로 흐느끼듯 조용조용 가만가만 노래를 불러 나갔다. 긴 노래를 어렵지 않게 불렀다. 한강 그녀도 말명을 하는 것이다. 제주 심방들이 신들에게 말씀드리듯 자기도 모르게 자연스러운 말명으로 쓴 작품이 『작별하지 않는다』이다. 그래서 한강은 큰신방이 아닐 수 없다.

아픔은 작별하지 못한다

쇼펜하우어는 모든 예술은 음악의 상태를 동경한다고 하였다. 한강의 글은 시처럼 운율을 타고 있었다. 안개 속에 있는 검은 나무들, 숲과 안개 속에 묻혀 있는 얘기들을 제주 큰 굿의 초감제처럼 절차에 따라 흩어져 있는 신들에게 굿의 시작과 연유를 알리듯, 환자를 치료하기 위한 서두처럼 시작한다. 소설은 글로 얘기하지만, 그녀의 넋두리는 파장으로 공명 쇠를 울리듯 산 자들을 같이 떨게 한다. 어쩌면 그녀의 글에는 큰심방이 느껴 우는 것처럼 중음에 떨고 있는 고혼들이 실려 있어 그 고혼들로 인해 진도가 나아가지 못하고, 독자인 나는 앞으로 페이지를 넘기지 못하고 자꾸 뒤로 돌아와 다시 확인하게 하며 앞뒤를 맴돌게 한다.

한강의 글이 쉽게 읽히지 않는 이유는 그녀의 심방 같은 분위기에 가슴이 같이 아프고 괴로워지기 때문이다. 『작별하지 않는다』가 나에게는 왜 이렇게 읽기에 힘이 드는 글일까? 제주4·3이 주는 역사성의 무게 때문일까? 그렇지 않다. 현기영 선생의 「순이 삼촌」도 읽을 때 그리 힘이 들지 않았다. 그러나 『작별하지 않는다』는 읽을 때 진도가 나가지 않을 만큼 힘들었다. 읽다가 다시 앞으로 와서 꿈속에서 헤매는 듯한 서두 분위기를 다시 확인해서 읽곤 했다. 묘사가 뛰어나기 때문에 현장감을 그대로 느끼고 시처럼 은유가 있기에 찬찬히 느끼다 보면 읽기가 버거운 책이 된다.

　서술자인 경하는 작가다. 그는 목수이며 다큐멘터리 연출가인 친구 인선의 부탁으로 제주에 가게 된다. 인선이 아끼는 앵무새를 구하기 위해. 앵무새는 물과 모이가 없으면 죽기 때문에 그 생명을 살리려면 서둘러야 했다. 마침 제주에는 제주만이 갖는 눈과 바람이 어울려 오는 특유의 눈사태가 벌어지고 있었다. 그런데 눈 속을 뚫고 어렵게 찾아갔으나 새는 죽어 있었다. 죽은 새를 묻어 주고 인선의 어머니 정심에 대한 이야기가 펼쳐진다. 제주4·3 당시 행방불명된 정심의 오빠에 관한 얘기와 당시 한 중산간 마을에서 벌어진 학살에 관한 이야기가 서술된다. 제주4·3으로 육지로 송환되고, 그 후 6·25가 터지면서 정심의 오빠는 경산의 폐광산에서 목숨을 잃는다. 이 과정에서 제주4·3 당시 삼만 명이 죽은 이야기들이 자연스레 나온다. 이들이 어떻게 죽었는지에 대한 사연들을 묘사하지는 않으면서도 그렇게 죽어 간 이야기가 자연스레 섞인다.

인간임을 알게 하는 문학의 힘

『작별하지 않는다』는 한라산에 오는 싸락눈, 섞여 오는 함박눈이 그려지는데, 하얀 것보다는 희부연 안개에 갇힌 느낌을 자아내게 했다. 한라산의 안개는 다른 안개와 달리 물기를 많이 먹어 무겁다. 소설은 처음부터 꿈속의 분위기인 안개 속을 얘기하여 제주의 안개처럼 무거웠다. 소설은 그 무거운 분위기를 꿈속의 이야기로 시작한다. 작가인 경하가 소설을 쓰기 전에 예지몽처럼 꾼 이야기를 꿈을 깨자마자 기록해 두었다 그대로 옮겨 소설을 시작한다.

제주에는 바람이 많이 분다. 육지 사람들은 바람이 세게 불면 바람이 씽씽 분다고 한다. 그러나 제주 사람들은 바람을 팡팡 분다고 한다. '팡팡'은 제주 여성들이 빨래할 때 쓰는 빨랫방망이인 육지 빨랫방망이보다 서너 배는 좋이 넓은 '막게'(제주 빨랫방망이)로 세게 내리쳐 시원하게 빠는 빨래를 두드릴 때나 쓰는 용어다. 그러니 제주 바람은 육지의 바람보다 서너 배의 강도가 높다는 말이다. 그 바람은 한 방향으로 부는 게 아니라 헝클어진 머리처럼 사방팔방으로 불어제친다.

그 바람을 타는 제주의 눈보라도 그렇다. 그 바람을 타고 눈이 내리면 함박눈이 쪼개지고 뭉쳐 싸락눈이 된다. 그 싸락눈을 맞으면 아프다. 바람을 탄 제주의 싸락눈은 더 아프다. 그래서 제주 사람들은 '정신없이 오는 눈'이라고 했다. 그 아픈 싸락눈을 뚫고 가야 하는 얘기는 숨이 가쁘다. 눈보라 속에 보이지 않는 길을 뚫고 가야 하기 때문이다. 제주를 찾았을 때부터 눈 이야기가 배경이 된다. 소설은 그 분위기에서 시작되어 그 분위기로 끝이 난다. 제주에 부는 바람과 싸락눈이 쌓인 분위기를 어렸을 적부터 잘 알기에 소설은 현장감 있게 느껴졌고 읽는 내내 힘들었다.

제주의 눈보라 속을 걷는 일은 숨이 막힐 지경이다. 소설 속 폭설의 묘사는 독자를 숨 막히게 했다. 한강은 자기가 느끼는 괴로움을 독자도 동병상련이 되게 만들어 버린다. 봉합 부위에 딱지가 굳어 버리면 그 부위 위쪽의 신경 부위가 죽어 버리기에 계속 피가 흐르므로 그리 안 되도록 3분에 한 번씩 바늘로 찔러 통증을 느끼게 해야 한다. 그래야 신경이 죽지 않는다. 죽은 신경이 썩지 않게 3분에 한 번씩 바늘을 찌르며 고통을 느껴야 하듯 나도 그렇게 고통을 느끼며 아프게 『작별하지 않는다』를 읽어 나가야 했다. 3분에 한 번씩 찌르는 그 통증은 우리가 제주4·3의 고통을 그렇게 느껴야 한다는 암시로 생각된다.

소설은 새를 살리기 위해 노력하는 줄거리가 주요하게 자리한다. 새의 생명 하나도 이리 중요하니 새가 죽을까 봐 독자로 하여금 모이를 들고 현장으로 달려가고 싶게 한다. 새 때문에 제주를 찾았는데 짓궂은 제주의 날씨 때문에 바람 불고 눈이 쌓여 꼼짝 못 하게 된 환경이 결국은 새를 구하지 못하고 죽게 한다.

내가 아는 새의 생명에 관한 동화가 있다.

새는 살고 싶었다. 사냥하고 사는 포수도 먹고살아야 했다. 새가 사람의 품으로 날아들었다. 살려 달라고 했다. 포수가 자기를 잡아 죽이려 한다고 하였다. 사람은 새를 숨겼다. 아니나 다를까 포수가 나타나 숨긴 새를 내놓으라고 하였다. 사냥꾼은 새를 잡아서 먹고살아야 한다고 하였다. 사람은 날아다니는 새 대신 그 무게만큼의 자기 살을 내어 주면 좋지 않겠느냐고 물었다. 포수가 좋다고 하였다. 드디어 저울을 가져다 무게를 재기 시작하였다. 저울 한쪽에는 새가 올라갔고 반대편에는 새의 무게만큼 넓적다리 살을 베어 올려놓았다. 새가 더 무거웠다. 하는 수 없이 한쪽 다리 전체를 잘라 올려놓았다. 그럼에도 새가 더 무거웠다. 두 다리를 다 올려놓았다. 그래도 새 쪽이 더 무거워 저울 한쪽이 아래로 처졌다. 양팔까지 잘라 올려놓았다. 여전히 새 쪽이 무거웠다. 그때야 사람은 깨달았다. 자신의 온몸을 한쪽 천칭에 올려놓았다. 비로소 천칭이 수평을 이루었다. 그 사람은 부처였다.

생명의 무게는 새나 사람이나 꼭 같은 것이다. 새나 고양이나 개나 생명의 귀함은 어느 것이나 똑같다. 심방은 죽은 새의 넋두리처럼 죽은 것에 대한 아픔을 전한다. 굿판의 청중들은 그 새의 생명에 대한 아픔을 심방에 의해 전달받는다. 새의 생명마저 이렇듯 귀한데, 제주4·3의 고혼들이야말로 제주인들의 가슴에 멍울로 남아 건드리지 않아도 아픈 상처이다. 작가는 이 생명들의 존귀함을 풀어내었다.

하여 소설 속에 희망의 실낱을 남겨 놓았다. 정심의 오빠를 경산의 폐광에서 살해된 것이 아니라 탈출한 것이라는 얘기를 슬쩍 끼워 넣었다. 탈출하여 고향에는 못 오고 혹 이북으로라도 간 게 아닐까 추정하게 만드는 문장이 아픔을 눅여주었다. 크나큰 사랑이다. 한강의 글은 국악 해금의 선율처럼 하나의 악기에 지나지 않지만, 작가만이 가진 가슴을 파고드는 독특한 음색으로 오케스트라의 강렬한 무대보다 심연에 가닿는 음악으로 느꼈다.

음악은 파장이라고 한다. 직선으로 보이는 빛도 파장의 연속이라 한다. 파장은 곡절의 연속이요 운율이다. 운율은 음악이기에 음악을 듣다 보면 어느새 그 운율에 몸을 맡기게 된다. 『작별하지 않는다』는 파동이 있는 듯한 시어로 쓰인 글이다. 그래서 함께 타면 읽는 그 파동이 작가에게서 독자에게 전달되어 뱃멀미하게 한다. 삶은 기억이라고 프루스트가 말했다. 제주4·3은 잊어서는 안 되는 기억이고 잊을 수 없는 기억이고 찾아야 할 기억이다.

한강은 큰심방(大神房)이다

인간을 가장 인간적이게 하는 것은 세계와 소통하는 존재라는 데 있다고 하이데거는 말했다. 1947년부터 제주에서 일어났던 우리만의 아픔을 세계적으로 소통하게 하려면 전달해야 한다. 그게 작별하지 않는 방식이다. 하여 외롭게 죽어간 고혼들이 세상과 소통하려 제주4·3의 얘기를 전해 줄 사람을 찾아낸 것이다. 제주4·3 고혼들의 고통을 가장 많이 느끼는 사람, 심방과 같이 그들의 하소연을 잘 들어 줄 사람, 같은 말을 전해 주더라도 문체가 살아 있는 사람, 제주말을 써도 타지인들도 어색하게 느끼지 않게 써 낼 사람, 그를 소통시켜 줄 능력이 있는 큰심방, 그 사람을 찾아서 고혼들의 상흔을 세상 사람들과 같이 풀어 줄 사람. 한강은 그 고혼들이 상처를 치유할 수 있게 풀어냈다. 작별해서는 안 되는 우리의 제주4·3 영혼들과 작별하지 못하는 한을 그녀의 문학으로 그려 내었다. 이 사회적 아픔을 치유하는 것은 인간의 영역을 벗어난 신의 영역이다. 한강은 『작별하지 않는다』를 써서 세계인을 감동하게 했다. 큰심방의 차원을 넘어서 신들의 아픔까지의 풀어내는 신방神房이 되었다. 그래서 우리는 제주4·3과 작별하지 않는 것이고, 작별해서는 안 되는 것이고, 작별할 수 없는 것이다. 이미 작별한 듯 여겨지던 것들마저 기어코 찾아내야 한다.

애도할 수 없는 섬의 유령들

김정주*

　창유리를 몇 번 가볍게 두드리는 소리에 그는 창 쪽으로
몸을 돌렸다. 눈이 다시 오기 시작한 것이다. 가로등 불빛을
받아 은빛, 검은빛으로 비스듬히 떨어지는 눈송이들을 그는
졸린 눈으로 바라보았다. 서쪽으로 여행을 떠날 때가 왔다.
그렇다, 신문이 정확했다. 아일랜드 전역에 눈이 내리고 있
었다. 눈은 어두운 중부 평원 곳곳에, 나무 없는 언덕들 위에
내리고 있었다. 앨런 늪 위로 소리 없이 내리고, 더 서쪽으로
는, 어둡고 불온한 섀넌강의 물결 속으로 소리 없이 떨어지
고 있었다. 눈은 또 마이클 퓨리가 묻혀 있는 언덕 위 외로운
교회 마당에도 구석구석 내리고 있었다. 눈은 바람에 밀려

* 영문학 박사이며, 고려대학교에서 초빙교수를 지내고 덕성여자대학교에서 연구교수를 지냈
다. 현재 제주대학교 강사이다. 「토니 모리슨의 『빌러비드』와 김석범의 『만덕유령기담』에 나타난
유령의 존재론」 등의 논문을 썼다.

구부러진 십자가들과 묘비들 위에, 작은 출입문의 쇠창살 위에, 메마른 가시나무들 위에 두껍게 쌓였다. 눈이 온 세상에 아련하게, 모든 산 자와 죽은 자 위에 마치 그들의 최후의 종말인 양 아련하게 내리는 소리를 들으며 그의 영혼은 서서히 이울었다.

아일랜드의 소설가 제임스 조이스의 「죽은 사람들」은 이렇게 눈 내리는 장면으로 마무리된다. 그레셤 호텔의 창밖으로 가스등 불빛을 받아 점멸하는 눈송이들을 바라보던 게이브리얼 콘로이의 시선은 더블린 시내를 벗어나 점점 서쪽을 향해 어두운 중부 평원의 나무 없는 언덕을 지나 앨런 늪과 섀넌강을 건너 골웨이의 어느 교회 마당에 이른다. 섬 전역에 내리는 눈은 산 자와 죽은 자를, 자연과 문명을, 기억과 욕망을, 화해와 용서와 환대로 아련하게 덮어 주는 것처럼 보인다. 하지만 더블린 태생의 코스모폴리턴인 게이브리얼은 아니더라도 로마와 트리에스테를 떠돌던 청년 망명자 조이스가 보여 주려 한 것은 눈 덮인 고국의 평온한 풍경도 아니고 소설 속 몰리 아이버스와 같은 문예 부흥 주창자들에 의해 이상화된 아일랜드 서부의 목가적이고 신화적인 세계도 아닌, 아련한 눈발에 묻힌 상상의 지형도 속 세상이다. 마이클 퓨리가 부르던「오그림의 처녀」라는 노래의 선율로 인하여 환기된 이 세계에는 영주의 사생아를 낳고 아이와 함께 버려진 하층민 여성의 죽음이 있고, 잉글랜드 신교도들의 침략에 굴복한 역사가 있고, 오랜 식민화로 인한 삼림 파괴의 흔적이 있고, 산업화로 인하여 늪지대로 밀려난 원주민들의 궁핍한 삶이 있고, 가스 공장의 취약한 노동 환경이 있다. 그리고 무엇보다 이 세계에서 돌출한 듯 현실로 이어지는, 섬 전역을 덮는 눈으로도 덮지 못하고 오히려 내리는 눈까지 하나로 삼켜 버리는, "어둡고 불온한dark mutinous" 섀넌강의 거센 물결이 있다.

게이브리얼의 창문을 두드리는 눈발이 마이클 퓨리의 유령이 내민 손짓이라면, 한강의 『작별하지 않는다』에서 인선의 새를 살리기 위해 찾아간 제주도에서 경하 앞의 몰아치는 눈보라는, 배음처럼 깔린 섬의 바람 속을 떠도는 유령의 숨결인 양 묘사된다. 하늘에서 떨어지지 않고 지상에서 허공으로 솟구쳐 오르는 것처럼 보이는 눈송이들, 정심의 꿈속에서 눈밭에 앉아 있는 다섯 살 인선의 뺨에 내려앉아 녹을 줄 모르던 눈, 집단 학살당한 세천리 마을 사람들의 얼굴을 덮어 신원을 확인하려면 닦아 내야 하는 살얼음, 마을 정류장에서 만난 노인의 흰 눈썹에 맺혀 손이 닿으면 얼굴과 몸까지 함께 사라지게 할 것 같은 눈송이, 죽은 앵무새를 파묻은 자리를 덮어 봄이 올 때까지 썩지 않도록 지켜 주는 나무 밑의 눈. 고통과 추위 속에서 죽음에 거의 다다른 뒤에야 경하는 이 모든 형태의 눈이 자신의 콧날과 눈꺼풀에 쌓인 눈과 같은 눈임을 비로소 깨닫는다. 이 눈발과 함께 그들이 온다. 아니, 이 눈발을 헤치고 경하는 그들을 찾아간다. 없어진 손가락의 통증을 견디는 게 두려워 인선이 선택한 더 큰 고통에서 비롯한, 죽어 가는 앵무새를 살리기 위해 눈길을 헤매는 경하의 행위는 무엇을 의미할까? 다시 말해『소년이 온다』에 이어 한국 현대사의 중요한 사건과 결부된 역사적 트라우마에 관하여 글을 쓴다는 것의 의미는 무엇일까?

『작별하지 않는다』의 출간과 한강의 노벨 문학상 수상 전후로 문학의 정치성을 둘러싼 의미 있는 논의가 주변에 있었다. 노벨 문학상을 비롯한 문학의 제도화가 문학의 급진적인 정치적 잠재력을 억제한다는 사르트르의 역설도 환기되었고, 서구 문학의 유산을 전유한 제3세계의 문학적 도전을 유럽 세계가 포용하기 시작했다는 진단도 있었다. 이보다 더 중요한 문제 제기는『작별하지 않는다』에서 보여 주는 애도의 서사가 재현의 정치보다 재현의 윤리를 드러내는 게 아닌가 하는 것이었다. 타자에 대한 재현 불가능성을 강조하는 겸허한 태도로 특징지어지는 화자의 자기 반영적 서사는 정치적 서사를 유보하고 타자의 고통에 대한 공감의 진정성에 초점을 맞추게 되는데, 센티멘털리즘의 논리라 불린 이러한 서술 방식으로 인하여 역사적 사건에 관한 총체적 세계 인식, 혹은 이를 반영하는 항쟁의 서사가 지워진다는 비판이었다.

제주4·3을 둘러싼 항쟁의 서사가 지워짐으로 인하여 생길 수 있는 문제의 하나는 애도의 위계일 것이다. 즉 애도할 수 있는 죽음과 애도할 수 없는 죽음이 구별된다. 소설 속에서 종종 언급되는 노인과 어린아이를 비롯하여 이른바 무고하게 희생된 양민의 죽음은 애도의 대상으로 인정받지만, 항쟁을 주도했거나 이에 동조하여 입산하거나 입산자들을 지원한 이들의 죽음에 대한 애도는 금지되거나 보류된다. 소포클레스의 비극에서 왕의 명령을 어기고 오빠 폴리네이케스의 시신을 몰래 매장한 안티고네의 항변을 크레온은 아마도 현실적인 이유에서 뒤늦게나마 인정했지만, 그렇다 하더라도 외국 군대를 끌어와 조국을 혼란에 빠뜨렸다는 폴리네이케스의 반역죄가 테베 시민들의 기억에서 지워진 것이 아니라면 과연 그의 죽음은 애도를 받은 것인가? 더욱이 저주의 운명이 지배하는 신화적 세계가 아니라 새로운 민주주의 국가의 탄생을 준비하던 이른바 신적神的 폭력의 시대에 죽음을 당하기보다 죽음을 선택한 이들의 죽음은 어리석은 죽음이라 할지언정 과연 애도할 수 없는 죽음인가?

소설의 운명은 물론 역사를 직시하는 것이 아니라 비껴가는 것이고, 역사적 사실과의 접점을 우회하는 『작별하지 않는다』의 시적 언어는 제주4·3을 비롯한 뒤엉킨 우리 역사에서 잃어버린 유령들의 목소리를 드러내는 뛰어난 성취라 할 수 있다. 이런 점에서 소설 2부에 주로 이탤릭체로 표기된, 제주4·3 당시 표선면 가시리와 한모살 학살 사건에 관한 증언, 그리고 행방불명된 오빠를 찾기 위해 분주했던 정심의 행적을 통해 군사재판 수형자와 보도연맹 희생자들의 이야기를 전하는 대목은 소설 끝에 배치한 보고서와 증언 자료와 같은 사실 인증 자료와 함께 재현의 진실을 드러내는 수단으로 동원되었지만, 사실 이 소설에서 내내 팽팽하게 유지해 오던 시적 언어의 밀도를 다소 떨어뜨리는 것으로 보인다. 재현 불가능성에 직면한 화자가 빠질 수 있는 센티멘털리즘을 벗어나려는 시도로 이해하면서도 박제된 기록물에 의존하기보다는 역사의 무게에 대한 버거움을 지닌 채로 분방하면서도 밀도 있는 시적 산문을 펼쳐 보일 순 없었을까 하는 아쉬움이 남는다.

다만 여기서 우리는 앞의 「죽은 사람들」에서 조이스가 그려낸 상상의 지형도에서 찾았던 것처럼, 소설 속에서 정심이 들려주는 오빠 정훈과 남편 학영의 이야기를 통해 제주4·3의 소용돌이가 지나가던 즈음 중산간의 잃어버린 마을 세천리를 다시 한번 찾아가 볼 수 있을 것이다. 거대한 외적인 힘들에 의해 속수무책 내몰리던, 이른바 무고한 희생자들의 이야기가 아니라 피가 뛰는 생생한 육체와 새로운 세계에 대한 꿈에 골몰하던 정신을 지닌 살아 있는 사람들의 이야기를 거기서 아마 찾을 수 있을 텐데, 이를테면 4년 전에 경하가 썼던 책에서 "누락되었던"(287쪽) 것과는 다른 이유로 이 책에서 누락된, 아니 소설의 행간에서 지워진 흔적으로 펼쳐질 두 청년의 운명에 관한 한 자락 이야기의 배경은 이렇게 전한다.

1947년 3·1 발포 사건에 이어진 농업학교 동맹 휴업으로 세천리에 내려와 있던 학영은 마을 인민위원회와 민청에 가입하여 활동한다. 그해 5월에 미소공동위원회가 재개되자 학영은 미소공동위원회 협의 대상에서 친일파를 배제하고 미군정의 민청 해산 명령을 취소하라는 요지로 작성된 진정서에 동네 사람 15명의 날인을 받아 미군정사령관인 하지

중장에게 우편으로 발송한 일로 약식 재판에 회부되어 벌금 2천 원의 형을 받는다. 이런 전력이 있어 이듬해 4·3 봉기가 일어났을 때 학영은 입산 권유를 받지만 남은 가족이 피해를 볼까 봐 고심하던 중 토벌대가 이웃 마을까지 왔다는 소문을 듣고 마을 목장 인근의 동굴로 피신하여 지내다 얼마 후 붙잡혀 제주읍 산지천 주정 공장에 수용된다.

학영이 민청에 가입한 것과 비슷한 시기에 농민위원회에 가입한 정훈 역시 민청이 마련한 진정서에 날인하고 마을 청년들과 함께 이승만 타도와 단독 정부 반대를 외치는 시위를 수차례 주도하고 참여한다. 1948년 늦가을 초토화 작전으로 마을이 소개될 때 동네 청년들과 함께 인근 야산으로 도피하여 생활하던 정훈은 마침내 토벌대에게 붙잡히고, 이듬해 7월 군사재판에서 좌익 사상에 공명하여 입산하고 무장대에 금품 및 식량을 보급하고 폭동을 방조한 죄로 징역 7년 형을 언도받는데, 같은 날 군사재판에 회부된 청년들은 중산간의 크지 않은 마을인 세천리 출신만 77명이나 되었다.

『소년이 온다』에서 한강은 진정한 애도는 불가능한 애도가 아닐까 하고 철학자가 말한 애도의 역설을 "당신이 죽은 뒤 장례식을 치르지 못해 내 삶이 장례식이 되었습니다"라는 문장으로 표현한 바 있다. 우리의 애도를 거부하는, 죽어서 우리 안에 살아 있는 완전한 타자인, 어쩌면 아득한 미래에서 찾아온 애도할 수 없는 이 유령들은 누구인가? 학영과 정심의 삶을 송두리째 흔들어 놓고 살아서 이미 유령인 존재로 같이 살자는 이들, 인선의 다큐멘터리에서 과녁 옷을 입고 소나무에 묶인 채 말보다 침묵을 택했던 이들, 잔혹하리만치 아름다운 빛 속에서 선혈로 얼룩진 옷을 입고 누워 있다가 바람의 몸을 입고 나부끼는 형상들, 경하의 꿈에서 검은 통나무 묘비만 남겨 놓고 밀려오는 바닷물에 서서히 잠기어 가는 뼈 없는 무덤들의 주인은 누구였던가?

오랜 수형 생활 끝에 평생 고문 후유증을 안고 살았던 학영이나 코발트 광산에 매장되어 뼈 한 조각 찾을 수 없게 된 정훈과 같은 청년들이 빼앗긴 것은 자신의 몸과 목숨, 고향의 집과 부모 형제만이 아니다. 몰아치는 바람과 더불어 수혈을 받은 듯 그들이 끊임없이 살아 돌아오는 것은 구천의 고통과 궁핍과 더러움을 견딜 수 없기 때문이 아니다. 실톱을 깔고 자는 잠 속에서도 정심이 떨쳐 버릴 수 없었던 것은, 살아 있는 사람의 살에 닿으면 금방 형체를 잃어버리는 육각형의 눈과 같은, 만질 수 있는 형상으로 만날 수 없기 때문에 작별할 수도 없는 수많은 유령의 춤이다.

어떤 밤에는 환하게 달이 뜨고, 그 빛을 받은 동백 잎들이
반들반들 윤이 났다고. 어떤 새벽엔 마을길 가운데로 노루
떼와 삵이 번갈아 다니고, 폭우가 퍼부으면 새로 생긴 물길
이 이 냇가로 쏟아져 흘렀다고. 반쯤 불탄 대숲과 동백들이
다시 울창해지는 걸 그렇게 지켜봤다고 했어. 밤새 취침등이
밝혀진 감방에서 그걸 보고 있다가 눈을 감으면, 방금까지
나무들이 있던 자리마다 콩알같이 작은 불꽃들이 떠 있었다
고 했어.(321쪽)

섬을 떠나 육지의 형무소에 갇혀 있던 십오 년 내내 학영
은 이 춤을 꿈꾸었다고 정심에게 말한다. 정심은 인선에게,
인선은 또 경하에게 말한다. 그 십오 년 동안 학영이 형무소
에만 있었던 것이 아니라 내 건너의 잃어버린 고향 마을을
그림자처럼 떠돌고 있었다고.

그러나 학영이 꿈꾸던 불꽃들의 춤은 죽음의 춤이 아니다.
계엄령에 이어진 절멸의 현장만을 떠올렸더라면 학영은 수
형 생활을 마치고 귀향한 뒤 서슬 퍼런 군사 정권의 감시를
받는 사이에 오래전 학살로 사라진 어린 생명들의 흔적을 찾
아 헤매지 않았을 것이다. 자신의 꿈에 관하여 정심에게, 또
인선에게 이야기하지 않았을 것이다.

그러므로 이 춤은 아마도 삶을 예찬하려는 근원적인 충동에서 솟아나, 역경과 저항으로 뒤엉킨 고통스러운 삶의 결을 부드럽게 어루만지며, 충만하고 풍요로운 상상의 세계에 대한 아련한 기억까지 몸에 그대로 새긴 신명의 춤일 것이다. 심장이 쪼개질 것 같은 고통의 춤이자 격렬하고 기이한 기쁨으로 휘몰아치는 황홀의 춤일 것이다. 섬 전역을 아련하게 뒤덮는 눈발을 헤매던 경하가 보았던 것처럼, 『작별하지 않는다』의 작가 한강 또한 이 떠도는 유령들의 춤을 보고 그들의 언어에 귀를 기울였을 것이다. 지극한 사랑에 대한 소설이기를 빌었을 때 그가 본 것은 아마도 정치적 소용돌이 속에 아득하게 묻혀 기억조차 거부당한 온갖 귓것들의 격렬한 춤이었을 것이다. 실존의 가혹함을 뛰어넘는 생명의 춤이었을 것이다. 애도할 수 없는 섬의 유령들이 추는 불온한 춤이었을 것이다.

4부

포토 에세이

김성례 　성근 눈발 속에 만난 '작별하지 않는' 사람들

성근 눈발 속에 만난 '작별하지 않는' 사람들

김성례*

"성근 눈이 내리고 있었다."

지난 2월 7일 한강의 『작별하지 않는다』를 읽고 감명을 받아 제주4·3을 알고자 하는 이탈리아 로마의 사피엔자대학 Sapienza University di Roma 종교인류학자 다비드 토리 Davide Torri 교수와 소설의 배경으로 알려진 가시리 마을을 방문하였다. 마침 성근 눈이 내리고 있었다. '성근 눈'은 드문드문 내리는 함박눈으로 솜이불처럼 성글게 내린다. 얼굴과 눈에 눈이 멈추지 않고 내렸으나 영상 기온의 진눈깨비 속에 녹아서 사라졌다.

* 문화인류학자이자 서강대 종교학 전공 명예교수이다. 1984년부터 제주4·3의 국가폭력과 트라우마 기억을 재현하는 조상 제사, 해원상생굿과 위령제, 유해 발굴과 재매장 등 의례적 실천과 애도의 정치에 대한 연구를 40년간 지속해 왔다. 「근대성과 제주4·3의 담론정치」, "Memory Politics of Mass Graves and Commemoration: Korea's Cheju April 3rd Incident" 등의 논문을 썼으며, 저서 『한국 무교의 문화인류학』(2018)으로 한국문화인류학회 제7회 임석재 학술상을 수상했다.

성근 눈이 내리고 있는 가시리 주젱이 내창(2025. 2. 7.)*

　소설은 경하, 인선, 인선의 어머니 정심 세 여성의 시선으로 제주4·3의 비극을 성근 눈의 광경 안에서 그려낸다. 경하는 검은 나무들의 꿈을 꾼다. 한 번도 가본 적 없는 물기가 많고 성근 눈발이 흩날리는 낯선 들판에서 수천 그루의 검은 통나무들과 그 뒤로 이미 물에 잠긴 무덤들 사이를 걸으며, 다급하게 바다의 밀물이 더 들어오기 전에 봉분 아래의 뼈들을 "바로 지금" 옮겨야 한다는 결심을 한다. 경하의 이 꿈

* 이 글 속의 모든 사진은 필자 촬영

속 결심은 작가 한강이 광주 5·18민주화운동을 다룬『소년이
온다』이후 제주4·3에 관한 소설『작별하지 않는다』를 쓰게
된 경위를 대변한다. 제주 사람들은 제주4·3에 관하여 "그때
도 지금도 그 이야기를 꺼내지 않으려고 하지만," 경하가 인
선에게 제안한 "검은 나무들을 심는 프로젝트"는 "총에 맞고
몽둥이에 맞고 칼에 베여 죽은 사람들"(57쪽)의 묘비들을 세
우는 일이다. "밑동이 젖지도, 썩어 들어가지도 않은 검은 나
무들"(26쪽)이 제주4·3 희생자들의 묘비이다. 경하와 인선,
정심 세 여성이 그 위로 "부스러지는 흰 결정들이 보일 때까
지"(26쪽) 그때, 그 일을 이야기하고, 들려주고, 생각하는 일
이 바로「작별하지 않는다」라는 제목의 기억과 위령 프로젝
트이며, 그 결과물이 소설『작별하지 않는다』이다. 448명의
희생자 이름이 각명된 '가시리 4·3 희생자 위령비'가 바로 그
검은 통나무로 된 묘비의 실체다.

4·3 희생자 위령비와 새가름공원:
"내 하나 건너면 마을이 있었다"

2024년 12월 28일, 가시리 제주4·3 희생자 위령비 제막식과 제주4·3 해원상생굿에 참가했다. 76년 만에 현재 가시천 동쪽 건너편 체육공원을 '새가름공원'으로 조성하여 위령비를 건립한 것이다. 가시리는 제주4·3 당시 한라산 남쪽 최대의 피해 지역이며 잃어버린 마을로 새가름과 중서물 두 곳

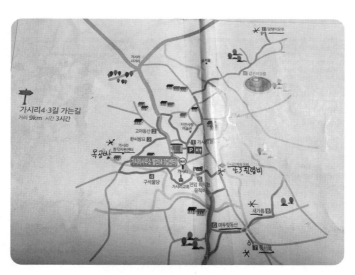

가시리 4·3길 가는 길(출처: 제주특별자치도가
제주4·3 70주년을 맞아 2018년에 제작한 제주4·3길 지도)

이 이름만 남아 있는 마을이다.

경하가 새 아마에게 찾아가는 길의 눈보라 속에 버스에서 내려 미끄러진 건천이 가시천이며, "폭우와 폭설에만 흐르는 마른 물길(127쪽)"을 경계로 마을이 나누어진 곳에 바로 이 새가름공원과 위령비가 있다. 한때 20여 가호에 100여 명의 주민들이 살았던 새가름 마을은 제주4·3으로 전소되었고, 재건되지 못한 마을을 굳이 위령 공원 이름으로 채택한 것은 사라진 마을의 기억을 회복하기 위함일 것이다.

2024년 12월 28일에 제막식을 한 가시리 제주4·3 희생자 위령비

1948년 11월 15일, 군경의 중산간 초토화 작전이 전개되면서 가호 360, 주민 1,600명의 가시리 마을은 250가호가 불타는 가운데 주민들은 "영문도 모른 채 집 마당, 뒤뜰, 고야동산에서, 중서물, 동내창에서, 다랑이모루에서 무참히 학살되고"(위령비 건립문), 11월 22일에는 소개령이 내려 2킬로미터를 걸어 해안가 "표선국민학교로 끌려가" 수용되어 있다가, 한 달 후인 12월 22일에 희생자 87명, 미신고 희생자 포함 92명이 근처 "버들못에서 총칼과 죽창으로 집단 학살을 당하였다." 12월 말부터 이듬해 2월까지 표선해수욕장 한모살에서 총살당한 가시리 주민 68명은 대부분 아기들을 포함한 노약자였다. 위령비에는 448명의 희생자 명단이 가나다순으로 각명되어 있고 위령비 제막식 안내 소책자에는 성명, 연령, 성별, 연도, 사망, 행불의 기록이 자세하게 쓰여 있었다. 오종수 이장에 의하면 희생자로 인정된 448명 외에 멸족되거나 육지와 일본 등으로 도피하여 이름이 알려지지 않은 200명 가량의 피해자가 더 있다. 소설에는 학살터의 이름을 지정하지 않았으나, 가시리 제주4·3 희생자 위령비 건립추진위원회의 안봉수 씨(현 가시리 제주4.3 유족회장, 현 중원대학교 특임교수)는 한강의 소설 『작별하지 않는다』에서 "눈만 오민 그 생각을"(86쪽) 하는 인선의 엄마 정심이 얘기한 '그

2025년 1월에 준공한 가시리 내창 다리 건너편
제주4·3희생자 위령비와 새가름공원을 안내하는 안봉수 유족

곳'이 가시리의 잃어버린 마을 '새가름'인 것을 즉각 알 수
있었다 한다.

"억울하게 돌아가신 가족들과 헤어지지 않기 위하여"

가시리 제주4·3 희생자 위령비 건립문에는 "그날의 아픔
을 기억하기 위하여, 다시는 이런 비극이 없어야 하기에, 그
아픔을 디딤돌 삼아 마을이 더 잘 살아야 하고 억울하게 돌

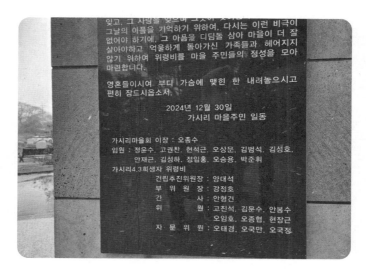

잊고, 그 사람을 잊으며 그곳이 오너라
그날의 아픔을 기억하기 위하여, 다시는 이런 비극이
없어야 하기에, 그 아픔을 디딤돌 삼아 마을이 더 잘
살아야하고 억울하게 돌아가신 가족들과 헤어지지
않기 위하여 위령비를 마을 주민들의 정성을 모아
마련합니다.

영혼들이시여 부디 가슴에 맺힌 한 내려놓으시고
편히 잠드시옵소서.

2024년 12월 30일
가시리 마을주민 일동

가시리마을회 이장 : 오종수
임원 : 정윤수, 고권찬, 현석근, 오상문, 김범석, 김성호,
안재근, 김성하, 정임홍, 오승용, 박준휘
가시리4.3희생자 위령비
건립추진위원장 : 양대석
부 위 원 장 : 강정호
간   사 : 안형건
위   원 : 고친석, 김문수, 안봉수
오임호, 오종협, 현장근
자 문 위 원 : 오태경, 오국만, 오국정

가시리 제주4·3 희생자 위령비 건립문

아가신 가족들과 헤어지지 않기 위하여" 마을 주민들의 정성
을 모아 위령비를 마련한 것임을 밝히고 있다. 위령비는 제
주4·3으로 인해 억울하게 작별한 가족들이 다시 "헤어지지
않기 위하여" 만든 기억과 위령의 공간이며, 김혜순 시인의
시구처럼 "한 영혼의 내부에 있음"을 확인하는 "작별의 공동
체"이다.

인선의 모친 강정심은 제주4·3 당시 토벌대의 불법 군사
재판에서 육지 대구형무소로 끌려간 후 1950년 5월 4일 편

지를 마지막으로 생사를 모르는 오라버니 강정훈의 흔적을 찾아 경북 지구 피학살자 유족회에 가담하여 72세에서 74세 까지 3년간(2007년부터 2009년까지) 코발트 광산 갱도의 유해 발굴에 참여하였으나 결국 단 한 조각의 뼈도 찾지 못하는 실패 이후, "살아서 이미 유령인 사람"(288쪽)이 되었다.

애기무덤:
'얼굴 못 본 형제들'의 산소와 75년 지연된 가족묘 이장

안봉수 씨는 2015년 4월 4일, 필자가 조사차 방문했을 때 가시리의 '애기무덤'에 묻힌 이들이 바로 자신의 가족이라고 얘기해 준 분이다. 1948년 11월 15일, 토벌대가 초토화 작전을 벌여 다랑이모루(달랭이모루) 등지에서 미처 도망가지 못했던 여자들과 아이들 29명이 희생되었는데, 안봉수 씨는 "우리 형제분들, 어머니, 고모 해서 일가족 12명이" 돌아가셨다고 증언한다. 당시 산으로 피신하여 겨우 목숨을 건진 부친 안흥규는 사건 보름 만에 급하게 시신을 수습해 인근 밭에 묻었다. 당시 30세, 24세의 두 어머니와 아직 이름도 짓지 못한 젖먹이 아기들을 포함하여 일가족 8명의 봉분이 두 장소에 2015년 조사 당시 남아 있었다. 크기는 매우

2015년 4월4일 필자가 방문했을 때 안봉수 유족이 안내한 애기무덤

작았으나, 봉분이 있는 가시리의 애기무덤은 매우 드문 경우로, 북촌의 너븐숭이 제주4·3 위령 성지의 돌덩이를 듬성듬성 주워 올린, 아주 성긴 돌무덤 형태로 남아 있는 애기무덤과는 형태와 의미에 차이가 있었다.

제주에서는 15세 미만의 아이들과 아기들은 부모와 같은 날 죽었을 경우 부모 묘지 가까이 묻어 주지만, 다른 장소에서 죽은 경우에는 흔적 없이 마을 외곽 애장터에 묻었다. 제사를 받들어 줄 후손이 없으니 제사도 받지 않으며, 죽어도 원혼이 되지 않기 때문에 굿에서도 부르지 않으며, 산소를 만들지 않고 잊어버리기 위해 어디에 묻혔는지 알려고 하지 않는 게 원칙이라고 한다. 국문학자 김열규는 억지로라도 잊혀야 하는 아기의 죽음을 "마땅히 다해야 할 것을 못 다한 목숨"의 극한적인 전형이기 때문에, 애기무덤은 "한국인의 원한 의식이 싹트는 배반胚盤의 하나"라고까지 해석한다.

가시리 제주4·3 희생자 위령비에는 호적에도 올라가지 못한 채, 이름 없이 기록된 젖먹이들이 "안흥규의 자1, 자2"로 각명되어 있다. 이름은 없지만 기억되고 기록되어 있는 것이다. 부친 안흥규가 제주4·3에 일가족이 몰살된 이후 다시 꾸린 가정에서 태어난 안봉수 씨는 위령비에 "안흥규의 자"로 각명된 아기 희생자들을 형님과 누님, 형제분들이라는 가족 호칭으로 부른다. 부친이 밭모퉁이에 죽은 모친의 묘와 함께 직접 아기를 묻은 산소를 만들었기 때문에 75년간 관리하고 제를 올렸으며, 2023년 6월 5일 가족 묘역으로 이장하였다. 부친의 묘지가 있는 가족 묘역을 만들었으나 "어른 묘만 가져갈 수 없어서," "얼굴 못 본 형제분들"의 애기무덤을 그동안 이장하지 못했다. 그러나 75년 만에 애기무덤을 모친묘와 함께 가족 묘역으로 이장하게 된 이유를 안봉수 씨는 "어머니 품에 안겨드렸다"라고 표현한다.

이장하는 날 제주방송JIBS에서 「밭 귀퉁이 묻었던 유해, 75

가시리 제주4·3 희생자 위령비에 "안흥규의 자1, 안흥규의 자2"로 새겨진
형제분들을 가리키는 안봉수 유족

년 만에 가족 품으로」라는 제목으로 방영한 TV 프로그램의
화면을 보면 작은 아기들 유해를 어머니의 유해 양편에 놓고
하나의 봉분으로 합묘한 것을 볼 수 있다. 제주4·3 때 억울하
게 돌아가신 "얼굴 못 본 형제분"과 헤어지지 않기 위해, 김
혜순의 시구처럼 "하나의 영혼의 내부"이며 그림자 없는 "어
떤 영원한 빛"의 양지바른 곳, 가족 묘역으로 모시게 된 것이
다. 소설에서 경하가 죽은 새 아마를 넣은 상자를 목공방의
안마당 나무 밑동에 흙을 파서 붓고 정성스럽게 봉분을 만드

애기 묻은 산을 파묘하여 그 유해를 어머니 묘에 합장한 가족 묘역에서 안봉수 유족과 필자.
다비드 토리 촬영

는 장면이 연상된다.

인선의 목공방과 새 아마의 장례

경하가 새 아마를 살리기 위해 눈보라 속에 찾아온 인선의
목공방은 실제로 가시리 마을에서 지원하는 레지던스 문화
공간을 겸비한 창작지원센터로 2018년에 문을 열었다. '가
시리 4·3길' 지도에서 볼 수 있듯이 마을 본동에서 약간 떨어
진 외진 곳이다. 소설에서 인선의 목공방은 "가로등도 이웃

가시리 목공방과 레지던스 건물 사이 안마당.
중앙에 보이는 나무 밑동이 소설에서 새 아마의 시신을 안장한 장소로 추정된다.

도 없는 집"이며, "내 하나만 건너면 몰살되고 불탄 마을이
있는 곳"(195쪽)이다. 실제로 그렇다.

짙은 청회색의 창고 같은 건물이 목공방이고, 붉은색 건물
인 레지던스 사이에 안마당이 있다. 경하는 두 건물 사이 안
마당 가운데 서 있는 나무의 밑동 아래에 쌓인 눈을 삽으로
퍼내고, 구덩이 속에 죽은 새 아마의 시신을 넣은 상자를 내
려놓고, 퍼낸 흙을 덧쌓아 손바닥으로 다져 작은 봉분을 만

든다. 공방으로 돌아온 경하는 싱크대 아래 눕는다. 순간 단전이 된다. 열에 들떠 의식이 꺼지는 순간마다, 인선의 다큐 영화에서 본 유골 수백 구가 묻힌 구덩이와 뼈들의 희끗한 형상을 보며 "죽으려고 이곳에 왔어" 하고 깨닫는다(172쪽). 소설의 1부는 경하가 제주4·3의 비극적 어둠이 짙은 인선의 공방으로 진입하는 과정을 죽은 새 아마의 상세한 장례와 안장安葬의 묘사를 통해 안내하고 있다.

"바당갓에 떠밀려온 아기가 있었느냐곡"

소설 후반부는 죽어서 묻은 새 아마가 살아 돌아오고, 서울의 병원에 입원한 인선이 아무 상처 없이 제주 목공방에 돌아옴으로써 생시와 꿈의 시공간이 경계가 열리고 인선과 경하의 공동 프로젝트인 「작별하지 않는다」가 지난 4년간 인선이 수집하고 조사한 세천리 자료를 중심으로 시작된다. 처음으로 지명이 드러난다. '세천리' 지명은 실제로 존재하지 않지만, 2부 「밤」과 3부 「불꽃」에서 구체화하는 제주4·3의 집단 학살 광경은 1948년 12월 22일 표선 버들못에서 시작하여 이듬해 2월 1일까지 표선 백사장에서 일어난 '빨갱이 절멸'이라는 목적이 뚜렷한 국가 폭력의 증언이라 할 수 있다.

표선 한모살의 드넓은 백사장 위에 찍힌 발자국이 필자에게는 제주4·3 당시
이곳에서 학살당한 가시리 희생자 수백 명의 흔적으로 보인다.

  소설에서 인선의 아버지는 그해에 열아홉 살이었고, 11월
밤에 동굴에 숨었다가 일주일 만에 잡혀 군사재판으로 15년
형을 받아 목포형무소로 이송되었고, 남은 가족들은 P읍에
있는 국민학교에 한 달 동안 수용되어 있다가 12월 22일, 해
수욕장 백사장 한모살에서 집단 총살당했다. 인선의 아버지
가 육지에서 15년 형기를 마치고 군사 정변 당시 제주로 귀
향하여 제일 먼저 한 일은 제주4·3이 일어난 그해 정초에 태
어난 막내 여동생의 생사 여부를 확인하는 일이었다.

그날 모래밭에서 아이들을 봤느냐곡··· 혹시 갓난아기 울

음소리도 들었냐곡···바당갓에 떠밀려온 아기가 있었느냐곡.

(230-231쪽)

여기저기 한모살 학살의 증언자를 찾아 문의하고 다녔다. 표선 백사장에서, 가시리 건천 주변 골짜기에서. 『제주4·3 사건진상보고서』(2003년)에 의하면, "절멸을 위해 죽인 아이들"(318쪽)의 공식적으로 알려진 숫자는 제주4·3 희생자 신고서에 나타난 인명 피해 총 1만 4,028명 가운데 10세 이하 814명(5.8%)이다. 60세 이상 860명(6.1%)을 포함하여 수천 명의 노약자 학살은 국가 공권력에 의한 인권 유린 범죄이다.

"폐촌된 내 너머 마을에 있는 아버지의 집터"

가시천 위의 다리를 사이에 두고 서로 마주 보는 두 마을 종서물과 새가름은 1948년 11월 15일, 마을이 초토화되고 소개령에 의해 주민들이 떠난 후 복구되지 않아 모두 잃어버린 마을이 되었다.

현재 종서물은 과수원이나 농경지로 변해 버렸다. 종서물은 가시천 서쪽 일대에 10여 가호가 살던 마을이었고, 새가름은 가시천의 동쪽 일대에 20여 가호에 주민 100여 명이

내천을 사이에 두고 마주 보는 두 잃어버린 마을

살았던 비교적 큰 마을이었다. 인선의 어머니 정심과 아버지는 건천을 사이에 두고 가깝게 왕래하던 두 마을 출신으로 어릴 때 안면이 있었다. 정심의 오라버니와 남편은 대구형무소 재소자로서 있을 때 직접 만난 적은 없어서 서로의 형편을 모르는 사이였다. 정심이 행방불명자 오라버니의 생사 여부를 알기 위해 15년 형기를 마치고 돌아온 사람을 찾아 나섰던 것이 부부 인연을 맺게 하였다.

두 잃어버린 마을 종서물과 새가름은 건천 가시천을 사이에 두고 서로 "저 건너편을 지켜보며"(321쪽) 보다 나은 이상향을 꿈꾸었을 수도 있고(인선의 아버지가 섬을 떠나 있을 때 아

새가름 잃어버린 마을 표지판

름다운 섬의 풍경을 그리워했듯이), 그 반대로 "저 건천 하류의 어둠 속에서. 아마를 묻고 돌아와 누운 너[인선]의 차가운 방에서," "죽었거나 죽어가는 내[경하]가 끈질기게 이곳을 들여다보고 있는지도 모른다"(323쪽). "동시에 두 곳에 존재하는, 관측하려 하는 찰나 한곳에 고정되는 빛처럼"(322쪽) 차가운 공방에 누워 있는 경하는 병상의 인선을 서로 다른 시공간에서 마주 보며, 눈송이에 녹아 사라지는 촛불을 살려내려 한다. 부러진 성냥개비를 쥐고 다시 긋자 불꽃이 솟아오르며, 동시에 인선이 병상에서 눈을 뜬다. 한강 작가는 "세상에서 가장 작은 새가 날개를 퍼덕인 것처럼"(325쪽) 제주4·3

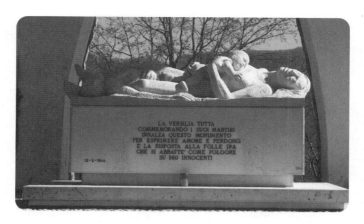

이탈리아 산타나 디 스타제마 국립평화공원에 있는 학살 위령 조형물 모자상
https://commons.wikimedia.org/wiki/File:Santanna_mahnmal_skulptur.JPG)

의 기억이 되살아날 것이라는 선명한 의식을 갖고 있음에 틀림없다. 평생을 제주4·3 소설에 헌신한 김석범 작가의 말처럼 "죽은 자는 산 자 안에 산다"(김석범, 『바다 밑에서』).

에필로그2: 제주4·3과 비슷한 이탈리아
산타나 디 스타제마 학살 (1944년 8월)

제주에 동행한 다비드 토리 교수는 왜 제주4·3을 알고자 하는지 자신의 고향 토스카나 지방의 산타나 마을이 겪은 독일군과 파시스트 민병대원에 의한 560명의 학살 사건을 설

제주4·3평화공원 위패 봉안소에서 희생자 영위 앞에 향을 피우고
위령 기도하는 다비드 토리 교수

명해 주었다. 산타나 디 스타제마 학살^Sant'Anna di Stazzerna Massacre
은 독일의 전쟁 범죄로 제2차 세계대전 중 이탈리아 빨치산
저항 운동에 대한 작전 과정에서 이탈리아 토스카나의 산타
나 디 스타제마 언덕 마을에서 자행된 학살이다. 1944년 8
월 12일, 나치 친위대는 이탈리아 파시스트 준군사 조직 네
레 여단의 도움을 받아 130여 명의 어린이를 포함 약 560명
의 지역 주민과 난민을 3시간 안에 살해하고 시신을 불태웠

다. 이러한 대학살은 2005년 이탈리아의 라 스페치아 군사 재판소와 최고 항소법원에 의해 전쟁 범죄 행위로 규정되었고 학살 가담자 17명을 유죄로 인정하고 종신형을 선고했으나, 2012년 독일 검찰은 증거 부족을 이유로 범죄인 인도 요청을 거부했다.

산타나 디 스타제마 마을에 건립된 학살 위령 조형물은 제주 북촌리의 너븐숭이 제주4·3 위령 성지에 있는 모자母子 그림과 비슷하다. 제주4·3평화공원의 위령 제단에 참배한 다비드 토리 교수는 진지한 애도의 기도를 올렸다.

제주4·3 77주년을 맞이하는 2025년에는 노벨 문학상의 영광에 힘입어, 한강의 소설 『작별하지 않는다』가 전하는 제주4·3의 정의로운 해결의 비전이 세계적으로 알려지길 기원한다.

4부 포토 에세이